九歌文庫694

我帶你遊山玩水

康芸薇 著

Contents

輯二 有首歌，瑪琍和約翰沒有聽過

輯三 每一個早晨都是春天

名家領航「遊山玩水」

白先勇：

知音何處

——康芸薇心中的山山水水

大概是六十年代末吧，那一年夏天我從美國加州回到台北，同時也把我的一位美國學生艾朗諾（Ron Egan）帶到台灣來進修中文課程。那時我在加州大學聖芭芭拉校區初任教師，教書起勁，對學生熱心，尤其發現一二個有潛力的好學生，就恨不得一把將他拉拔起來。艾朗諾對中國語文、中國文化特別敏感，那年暑假我在台灣替他找了三位台大中文系的年輕助教汪其楣、李元貞、陳真玲每週輪流替他上課。汪其楣教現代小說，選了康芸薇的〈冷冷的月〉、〈兩記耳光〉做教材。艾朗諾大為激賞，我頗感意外，康芸薇小說的好處在於綿裡藏針隱而不露，表面平凡，擅長寫一些公務員、小市民的日常生活，但字裡行間卻處處透露出作者對人性人情敏銳的觀察，她這種平淡的文風，含蓄的內容，不容易討好一般讀者，看康芸薇的小說須得耐住性子，細細的讀，慢慢的唸，才體會得出其中的妙處。艾朗諾才唸了兩年中文，居然看懂了康芸薇小說中的玄機，也算他獨具慧眼，成為康芸薇一位年輕的洋知音。後來艾朗諾果然學有所成，在美國漢學界享譽頗高，他最近把錢鍾書的《管錐篇》也譯成了英文，那是一項了不起的成就。

艾朗諾希望能見到他仰慕的作家，我便託汪其楣把康芸薇約了出來，到藍天咖啡廳見面，那大概是一九六八年，那是我第一次見到康芸薇。她那時已是初「成名」的作家。六〇年代，最為文化界所推重的出版社當數文星，被列入文星叢書的作家就算「成名」了。康芸薇剛在文星出版了她第一本小說集《這樣好的星期天》，我記得好像是深紫色的封面，袖珍本的文星叢書，迄今仍有可讀性。艾朗諾見到他心儀的作家當然異常興奮，康芸薇那天也是高興的，她給我的印象是一個極「溫柔敦厚」的人，她是河南人，不知是否因此天生就有一份中原的厚實。後來她在仙人掌出版社又出了她第二本小說集《兩記耳光》，可是不久仙人掌卻因財務問題倒掉了，而且陰錯陽差，仙人掌的許多書由我接收過來創辦了晨鐘出版社，康芸薇的小說集也包括在內，並改名《十八歲的愚昧》。所以，我也曾做過康芸薇的出版者。

康芸薇的小說寫得不多，可是篇篇扎實，淡而有味。她寫來寫去不過是男女夫妻間的一些瑣瑣碎碎，小風波、小挫折，但因為寫得真實，並無當時一些女作家的浪漫虛幻，如今看來，卻實實在在記錄下那個年代一些小市民的生活型態。她筆下的人物，多為避難渡海來台的外省人，她這群外省人，非軍非政，只是一些普普通通為了重建生活，在異鄉艱辛扎根的小公務員。公務員的生涯大概是單調平淡的，尤其是在那個克難時代，日出日入，為五斗米折腰，年輕時縱有凌雲壯志，很快也就消磨殆盡了。康芸薇最擅長描寫這些小公務員的辛酸：一對公務員夫妻，丈夫為了升級，央求妻子向權貴親戚引進，妻子眼見自己的丈夫在親戚面前奴顏婢膝，突然產生了複雜心理，為丈夫難過，但又不免鄙夷。這種合情合理的心理變化，康芸薇寫得極好。康芸薇的小說曾經得到一些識者的激賞，水晶、隱地、朱西甯都曾為文稱讚，但知音不多。尤其近年來台灣讀者品味變化極大，標新立異的創作容易得到青睞，比較沉穩平實的作品，反而受到冷落。康芸薇這兩本優秀的小說，也就不幸的被埋沒了。

康芸薇的文學領域另一部分是她的散文。如果說康芸薇在寫小說時，因對人性的洞察深刻，人的尷尬處境，也會照實描述，而寫散文時，她「溫柔敦厚」的特性就表露無遺了，她筆下的真實人生，都是暖洋洋的，即使寫到悲哀處，也是「哀而不傷」，半點尖刻都沒有。她的散文寫的全是她的親友佚事：祖母、丈夫、兒女、同學、朋友。而這些人當中，祖母及丈夫又是她寫作散文的兩大泉源。

康芸薇是依靠祖母長大的，一生與祖母相依為命。抗日期間，她的父母把她留在河南鄉下，與祖母同住，她的童年便在祖母的呵護下成長，抗戰勝利後，到南京與父母重聚，反而感到陌生了。她與父母緣淺，暫短相處便與祖母叔父來台，從此永隔，祖母便成為她一生中最親近的人。康芸薇的文章中有多篇寫到奶奶，充滿愛意，充滿敬意。康家在河南屬於鄉紳地主階級，她祖母在家中是少奶奶，過過好日子的。在康芸薇眼中筆下，奶奶美麗、慈祥，有大家風範，為人處世對她有深刻的影響，奶奶教她：

「你待我一尺，我待你一丈，你待我一丈，我待你天上。」

「人長天也長，讓他一步有何妨！」

老太太這些充滿睿智的教誨，的確有中原人士的廣闊心胸。來到台灣，祖母的處境當然一落千丈，在大陸從來沒有下過廚房的老太太，居然託人在兵工廠用廢彈殼打造了一隻大鐵砂鍋，在煤球爐上熬稀飯饗宴鄉親，而且一邊熬一邊唸唸有詞：

「想要稀飯熬得好，要攪三百六十攪。」

老太太甚得人望，領袖鄰里。初渡海的外省人，離鄉背景，來到台灣，幾乎都有一段奮鬥史，其中不少在大陸上曾經風光過，但因環境逼迫，兩袖一撈，從頭幹起。康芸薇的祖母，便是其中一個。康芸薇把奶奶寫得有聲有色，替她心中「永恆的母親」留下一幅令人難忘的肖像。康芸薇的叔叔抱怨奶奶沒有及時變賣大陸上的產業，在台灣只好過窮生活，老太太反駁道：

「那有啥辦法！蔣委員長那麼個好男人，把江山都丟了，我那點家產算甚麼？」

康芸薇的散文風格，一如她的小說，不以辭取勝，而以情感人，寫到她的幾個寶貝兒女，固然深情款款，但在她最近的一本散文集《我帶你遊山玩水》中，最重要的一個人物是她的丈夫方達之先生，康芸薇與方達之結褵三十年，伉儷情深，方達之畢業於台大，有理想，有抱負，但卻規規矩矩做了一輩子公務員，壯志未酬，於民國七十九年病逝。丈夫在世時，寫到他的文章不多，大概有點不好意思多說自己的先生，丈夫過世後，康芸薇寫他的文章，篇篇感人。《我帶你遊山玩水》雖然不全是寫方先生，但丈夫的身影卻無所不在。這本集子，可以說是康芸薇為她先生方達之豎立起的一面紀念碑：紀念他們倆人在一起幸福的日子，紀念丈夫走後哀傷的歲月。方達之在世時，康芸薇的文章總是充滿了熙日和風，經過大悲後，即使寫歡笑，也不免淒涼。

康芸薇三個兒女個個孝順，全是「媽媽黨」，丈夫去世後，兒女們更加體貼，送禮物、陪媽媽旅行，但兒女的孝心卻無法取代丈夫的情誼，喪夫的哀痛與失落，只有自知。小兒子繼來大概是最受疼愛的么兒了，一次繼來把家中用得早已壞舊的餐具扔掉，康芸薇嚎啕大哭，兒子恐怕無法理會母親的心情，他丟棄的，不是家中的破舊，而是母親最珍惜的記憶，年輕人往前看，要摔掉過去的累贅，但對於暮年喪偶的母親，與丈夫共同度過的過去，也就是她生命最美妙的部分，如何丟棄、怎能丟棄。傷逝，是這本集子最動人心弦的基調。

康芸薇另外有一本散文集，題名《覓知音》，大概作家希望有更多的知音讀者吧。這次我把康芸薇幾部作品重新細讀一遍，發覺康芸薇曾寫過這麼多篇好小說及感人的散文，竟然還有「但傷知音稀」的感嘆，可見文章解人難得。

陳文茜：

不一樣的遊山玩水

推薦你看一本書，康芸薇的《我帶你遊山玩水》。

康芸薇是位典雅的女性作家，半世紀來，隨著戰亂住在台灣五十年。她和我的三阿姨鄰居，先生都在台電上班，住木柵台電老宿舍。木柵堤防沒蓋起來前，每逢颱風，家裡就要淹一次水。我的外婆心疼她的女兒，嫁到淹水區，每想到颱風，就開始嘀咕，哭著惦念女兒。

我的三阿姨性情豪爽，外婆說她是樹的女兒。每回從台中女中回家，黑裙子一脫，就爬上樹幹，躺在那兒看小說。家人喊她吃飯，總得對著滿枝濃葉高叫，「燕燕吃飯了！」

三阿姨的名字叫燕燕，北飛台北後，因著先生的關係，和一群外省人當鄰居。沒幾年她學會了做包子、饅頭。

我沒住過鄉下，第一次聽到青蛙叫聲，就在三阿姨的宿舍裡。有一回難得住她們家鑾長的，門口有福利社，下午可以偷偷帶著表妹，跑去買「枝仔冰」；遇颱風，家家擀麵、發饅頭。我至今搞不懂，那堆麵粉怎麼加了點水，擱點酵母，第二天就發胖成一「團」。反正有災難，大人倒楣，小孩爽，蒸了一天的饅頭，把值錢家具搬到避水樓上，一家人躲在閣樓吱吱雜雜，等颱風後第二天，再到各家串門子、探災情。

康芸薇的散文集寫遊山玩水，她住了台灣大半輩子，經歷了一次又一次的風吹雨打。她和我的阿姨，形同姊妹，從沒想過誰是外省本省，只知一起啃饅頭、吃台中肉圓。

時代逐漸老了眾人，老到朋友都得分省籍。蔣家的年代，康芸薇這種奉公守法的外省人，沒貪過一文錢，如今成了特權。童年時期就離開中國的土地的康芸薇，老來才發現住了五十年的土地，不認她了。

我樹上的三阿姨從小有「爬高望天下」的本事，她樂天，環遊世界整日遊山玩水。她和李鴻禧交朋友，也和康芸薇當鄰居。從他們身上，她學得了憲法、台灣意識，也知道山東饅頭。

她很快樂，瘋狂的台灣可以暫時冷靜，學學她爬樹，看看她外省朋友筆下的台灣山水。你會從樹上，看到不一樣的快樂台灣。

席慕蓉：文學的原鄉

在此，要向大家介紹康芸薇的〈我帶你遊山玩水〉——九歌九十一年度散文選的得獎作品。

作品就在書中，我自不須多言。然而，身為推介者，我還是得向大家說明為什麼要推介康芸薇的理由。

在邁向目標的過程上，我們一般人通常都是遵循著一定的軌跡，譬如認真學習，多方嘗試，努力累積等等的工作模式。在日常生活裡是這樣，在創作生涯中也大致是如此。

可是，康芸薇和我們很不一樣。

照現實的標準來看，她寫的作品實在不多，甚至可以說是很少。因此，在有一段時間裡，當別人都在「奮發向上」的狀態中時，我們幾乎要忘記了她。

然而，時光真是奇妙，文學也是。

大概一年才寫一篇散文的康芸薇，腳步雖慢，面貌卻越來越清晰和獨特，每有一篇發表，都讓人印象深刻，難以忘懷。逐漸地，如果在副刊版面上看見了她的名字，我都會收斂心神，屏息以待，看似平淡與平常的文字，卻好像每每可以碰觸到宇宙間那神秘美麗難以言傳的永恆。

一年又一年地走過來，我才領會到，看似是始終停留在原處的康芸薇，其實是停留在文學的原鄉之上。

我也許不能說我們一般人的「進取心」是對文學的背叛，不過卻實在會因此而摻進了不少的雜質。而康芸薇對創作那始終不改的初衷，應該才真正是文學的純淨本質。

我羨慕她，也感激她，常常，在讀過她的一篇作品之後，我生命中有些部分就會像林詮居在〈鳴子山中〉所說的那樣，心神恍惚起來，只為「我已不再是從前的那個我了」。

這應該就是文學的作用了吧。

——摘錄自二〇〇三年九歌版《九十一年散文選》序文

輯一

我帶你遊山玩水

燕雀與鴻鵠

我每天的生活非常辛苦，清晨五點被鬧鐘吵醒，睡意矇朧下床去衛生間刷牙洗臉，然後奪門而出。

如果夏天還好，清晨五點已經天亮。在冬日，清晨五點天還是黑的，不幸遇到風雨，從家門到車站那一條路就更爲難走。

丈夫在世的時候，每天清晨都是他負責叫我起床。我動作緩慢，他還負責報時。聽他說五點二十分了、五點半了，我心中焦急，對他說：「你煩不煩呀！」

不知是否因爲早起睡眠不足，我的頭總是昏昏的，常常臨要出門找不到手錶。我大聲喊：「我的手錶呢？」丈夫會聞聲幫我尋找，在我出門之前把手錶送到我手中。

有時丈夫不高興，我喊：「我的手錶呢？」也不理會，我就央求他幫我尋找。他說：「爲什麼不把東西放在一個固定的地方？怎麼好意思天天要人幫你找手錶。」

快要六點鐘了，我哪有時間和心情聽他教訓，悻悻說：「你要當部長，我就是夫人。還要天天一大早出門上班，叫人幫我找手錶呀！」

我說這話沒有輕視丈夫的意思，他是一個讀書做事都努力認眞、很有理想抱負的人。他每天清晨起床之後，一面收聽英語空中教學，一面爲一家人準備早餐。他的筆記每一本從第一個字到最後一個字，都寫得整整齊齊。

我們那個時代相信一分耕耘一分收穫，有一個喜歡讀書、做事認眞的丈夫，我心中是很驕傲的。我喜歡問他：「幹麼那麼用功呀？」

他說：「燕雀焉知鴻鵠之志。」

我就覺得他很了不起！我常聽說書中自有黃金屋、書中自有顏如玉，很少聽說「燕雀焉知鴻鵠之志」。我問他的鴻鵠志有多大，他說：「大丈夫要光耀門楣，照顧鄰里。」

我說：「這麼大的志向，要做多大的官呀！」

他說：「部長吧！」

我聽了忍不住笑了，想到有一齣王海玲演的梆子戲，程咬金在朝做了大官，派人回家鄉接老婆孩子進京共享榮華富貴。扮程七奶奶的王海玲，用土土的河南腔唱道：

「俺牛他爹在朝把官做，那個官大得就沒法說！大概和皇帝老子差不多。」

以後兩個人鬥嘴，我就替丈夫加官進爵，對他說如果他當部長，我就是夫人，還要天天一大早出去上班呀！

怎麼也沒有想到胸懷大志的丈夫會患膽管癌。為他主治的三總醫院醫生告訴我，那條肝膽相連的管子只有一枝鉛筆那樣粗細，這種病很罕見，一年頂多碰到一個。

我聽了說：「不可以這樣，我先生這一生很努力、很辛苦的。」比我年輕的醫生無言望著我，伸出手放在我肩上。淚水不住從我眼中流了出來。醫生又告訴我，膽管癌不僅罕見，而且凶惡，發病以後病人會很快離開人世，建議我找機會讓丈夫知道他的病情。

讓丈夫知道他的病情，要他交代後事嗎？我皺著眉頭說：「不要，太殘酷了。」我們家只有一點錢，我知道放在哪一個銀行裡。要孩子們好好讀書做人，這些話他每天都在對他們說。

我不知道不告訴丈夫病情，是否剝奪了他知的權利。丈夫剛看醫生的時候，醫生診斷是膽結石，丈夫瘦高，醫生還告訴他，膽結石開刀拿掉以後他會胖起來。丈夫很高興地對我說那太好了，他喜歡胖一點。

丈夫住院之後，我每天只上半天班，到了中午就趕到醫院去。結婚快三十年，我從來沒有像現在這樣感到自己像一個妻子，照顧丈夫飲食、聽他講話。他午睡之後，我趴在他的床邊休息。

丈夫的病房在十樓，有一個窗口可以看到通往永和的中正橋。我們年輕的時候叫川端橋，夏天河邊有許多茶座，到了黃昏戀愛中的男女喜歡去那裡喝茶聊天。

丈夫午睡醒來，我陪他走出病房散步，常會走到那個窗口前面。我問丈夫還記不記得這個地方，他說記得。我說：

「時間過得好快！」

他說：「是的。」

我咬著嘴唇，站在他身邊，不讓湧入眼眶的淚水流下來。

醫生說癌症到了最後會很痛苦，有時病人痛得呼天喚地，打嗎啡也沒有用。這種情況一直沒有發生在丈夫身上，我心中祈望著會有奇蹟出現。我告訴醫生丈夫從來沒有喊痛過，他說那很好呀！但是臉上沒有笑容，我的心又沉了下去。

那年女兒入社會不久，她公司老闆知道丈夫的病情，對她說下午做完了事就可以來醫院。長髮、一七二公分高的女兒，長得亭亭玉立，看到她出現在病房門口，我和丈夫都感到一陣欣喜。我默默坐在一旁看她做事、聽她和爸爸講話，心頭想著護士小姐告訴我，年輕的醫生們說：「五八床的女兒像王祖賢。」有一天丈夫不在了，女兒交了男朋友，誰來分享我的喜悅。

丈夫的身體越來越弱、胃口越來越差，病房裡的食物也就越來越多。除了醫院的一日五餐，還有許多親朋好友親自下廚爲丈夫做的東西，丈夫吃不下、孩子們吃不完，我一樣也捨不得丟棄。我想到小時候老家鬧荒年，這些食物能救好些人，我拚命把它們吃下去。丈夫看了有些心煩，他說：「吃不下就倒掉，不要把胃口吃壞了。」

醫生每次來都看到我在吃東西，他不笑的臉更加凝重了，有事也不同我講，要走的時候對女兒說：「妹妹跟我出去一下。」女兒回來，我問她醫生跟她講了些什麼，她說沒有。我說明明叫你跟他出去，怎麼沒有跟你說什麼話呢？

被我逼急了，女兒紅著眼睛說：「叫我承上啓下，照顧爸爸、安慰媽媽，讓哥哥正常工作、弟弟安心讀書。」我聽了眼睛也紅了，女兒剛入社會，才多大一點的孩子，叫她承上啓下負那麼大的責任！

丈夫過世之後，那個比我年輕的醫生又把他的手放在我肩上。他說他看到許多家庭因爲男主人不在了，弄得雞飛狗跳不知道怎麼繼續生活，他希望我莊敬自強好好帶著孩子們過日子。

我點頭說好，然而辦完丈夫的喪事回去上班，那條我天天走的路、那些我天天見面的人，我覺得我都不認識了。我喜歡一個人獨處，默默回想丈夫生前的點點滴滴；在靜肅中我像一條蠶，不斷吐絲包圍自己，別人同我講話我都聽不見了。

到醫院檢查，我聽力良好。那個好心的醫生見我一臉茫然，問我：「你是不是聽不懂別人的話，你最近發生什麼事嗎？」

淚水奪眶而出，離開醫院我警告自己，這個家已經沒有爸爸了，如果媽媽再出問題，真要雞飛狗跳沒有安寧之日。

我辦公室對面就是河濱公園，每天清晨有很多人去那裡運動。我上班打完了卡，乘著大家泡茶、看報之際，偷偷溜到那裡。

起初望著那一大片青草地有些卻步，然而，清晨的公園明媚動人，晨曦的霞光、草葉上的露珠、小鳥的叫鳴，都吸引我向前走。久不運動，我的腿沒有走多遠就疲了，有次我在一棵樹下休息，樹上的小鳥啁啾叫了一陣，然後舉翅飛走了，彷彿是對我說：

「跟我來，我知道寶藏在哪裡。」

我想到小時候聽故事，有一個人叫徐文長，懂得鳥語。於是我懷著一個小孩尋找寶藏的心情，追隨著小鳥的叫鳴，走過一棵樹又一棵樹，把公園繞了一圈。

從此公園成了我的好去處，我在裡面逗留的時間越來越久，走的路越來越遠。有次我聽到公司播音小姐在播音器裡呼叫：「××請到辦公室。」我感到我好像一個逃學的小學生被人發現了，如果不趕快回去，回去之後就要罰站了。

然而，有什麼比逃學更令人感覺刺激興奮的事呢！我對自己說：「讓他們罰站吧！」我昂首繼續向前走，理性再次警告我：「再不回去就要開除了。」我聽到自己再次反抗說：「讓他們開除好了。」

兩次警告、兩次反抗，我也走累了。回程的路上我同自己商量，回去以後如果主管發現我在公園的時間過久，有所責備，我就乖乖站好聽著。做爲一個繁忙緊張的台北人，我能有一個這麼可愛的清晨，眞是太幸福了。

這個幸福的感覺不知向誰訴說，有天晚上我做了一個夢，夢見我和丈夫還是青年男女，我帶他到公園去。彷彿是彩霞滿天的黃昏時分，公園除了他和我，沒有其他人。丈夫十分歡喜，一再追問我：

「你怎麼發現這麼一個好地方！」

我笑而不語，我們快樂地並肩向前走，河邊有許多繁花垂柳，還有一層潔白的薄霧，在我們身邊和花叢間流動。看到這麼美麗的景色，丈夫站住定睛望我，落日餘暉照在他臉上，他開口念〈香格里拉〉的道白：

「小白兔，你眞是個好嚮導，帶我看到這一片的好風光……」

他伸出手想把我抱起來轉一圈，我連忙警告他：「不行，我現在太重了。」已經來不及了，他的手指觸及到我腰間的贅肉。一霎間花叢裡流動的薄霧變成了灰黑色，怒濤般向我們撲來。

我跌坐在伸手不見五指的濃霧中，沒有呼喊找尋。丈夫的手指碰到我腰間贅肉那一刻，我就意識到這是一場夢了。

醒來也沒有難過哭泣，反而吃吃發笑，笑自己這麼大年紀了，還有一顆這樣年輕的心。

時間就這樣一天天過去，孩子們都長大了，兒子結婚、女兒出嫁，女兒的女兒也兩歲多上幼稚園小小班了。有一天她放學回來，唱了一首兒歌給我聽：

「我金的了不起，

金的！金的！了不起。

我會尿噓噓，

不會尿在褲子裡。」

兩歲多的小孩還不會說「眞的」，她把「眞的」說成「金的」，讓我覺得這首兒歌更加生動有趣，十分喜歡。以後我到公園去，常不自覺念著這首兒歌。有天我正「金的！金的！了不起」念得高興，彷彿看到丈夫迎面走來，他笑盈盈地說：

「這個女人越老越天眞了。如果我當了部長，你怎麼做夫人！」

——一九九九年十二月

隨風而逝

丈夫在世時我不常看電視，除了因爲視力不好，怕看多了電視傷眼睛；我要向丈夫表示我是一個有知識、有內涵的女子。我不會像隔壁的陳大媽、李大嬸一樣，坐在電視機前就起不來。

那時丈夫六點鐘下班，他下班之前會打電話回來問我要帶什麼東西。我也剛下班回家，聽到他問我要帶什麼東西，想到我必須馬上進廚房，爲他與孩子們準備晚餐，他們還可能嫌我做的東西不好吃，就惱火萬分。我說：

「我還沒有想到。」

「你慢慢想。」丈夫說：「我現在去趕車，等下車以後再打電話向你請示。」

我一點也不覺得丈夫幽默、體貼，應該感謝。我認爲做一個現代女子眞是辛苦！在外面累了一天，回家之後還要煮飯、洗衣做許多家事，彷彿一根兩頭燃燒的蠟燭。

丈夫到家差不多七點左右，還是報告新聞的時刻。他看電視新聞仍是一副男子氣概，因爲大丈夫不能不知道天下事。吃過晚飯，我去洗碗，孩子們去寫功課，他要看八點檔連續劇，男子氣概就會自動消失。他訕訕地說：

「看連續劇眞害人！看了上一集，就想看下一集。」

丈夫是非常能幹、勤快的人，我與他恰巧相反，笨手笨腳，不會做事情，平時常被他譏笑。聽了他的話，我故意刺他：

「只能害那些沒有水準的人，有水準的人它是害不到的。」

丈夫看了我一眼沒有講話，他喜歡靠著沙發，伸長腿坐在地板上看電視。因此，他每天都利用廣告時間，把地板擦得一塵不染，然後給自己泡一杯茶，舒舒服服坐在電視機前。見我忙進忙出就消遣我：

「會做事情的人，只看到他做的事情有條不紊，看不到他做事情。不會做事情的人，只看到他忙進忙出像小磨一樣團團轉，看不到一個成績。」

我累得沒有精力和心情同他爭吵，等我忙完了廚房裡的事出來，他拍著身邊的地板，叫我坐下來看電視。我也消遣他：

「人家是女人坐在電視機前起不來，我們家恰恰相反。」

他搖頭，謊我不知好歹。我盥洗之後躺在床上，這是我一天最安適的時刻，聽聽音樂、看看書，然後大聲喊著丈夫的名字，打他官腔。

「把電視聲音關小一點，你不知道小孩子在做功課、太太在休息嗎？」

我聽到丈夫起身把電視的聲音關小，翻了一個身面對牆壁，沒有多久就睡著了。那時，我不必擔心門戶，孩子們有沒有讀書、寫功課，以及飯菜放在廚台上忘記收進冰箱裡。丈夫每天都是最後一個睡覺，他會在上床之前，四處巡視一遍。

我一直以爲像我們這樣喜歡鬥嘴的夫妻，會爭吵到老，沒想到丈夫突然患病去世。

丈夫生病之前，大陸演員陳沖主演的八點檔連續劇《隨風而逝》正在上演。從不看連續劇的我，因爲喜愛陳沖的故國口音，和她冷冷的、頗有骨氣的樣子，每天忙完了家事，丈夫拍著他身邊的地板叫我坐的時候，我就乖乖在他身邊坐下來。

夫妻二人平日忙著生活和鬥嘴，許久沒有這樣席地並肩而坐，都有點興奮和不好意思，彷彿又回到年輕戀愛的時候。《隨風而逝》的主題曲不時幽幽響起，我心中充滿了往日情懷，想到剛結婚的時候還沒有電視，我同丈夫下班回家吃過晚飯，不是玩蜜月橋牌，就是丈夫讓我車馬炮下象棋；有時月亮好，我們也會牽著手出去散步。

每天同丈夫看《隨風而逝》，覺得他變得溫柔了。八點鐘一到，我的家事如果還沒有做完，他就叫我不要做了，他對我說：

「等一下我來做，我做得又快又好。」

我是一個心腸很軟的人，有時做完了家事，感覺實在很累，只想把自己平放在床上。但是看到丈夫期待的眼神，我還是在他身邊坐了下來。

孩子們很驚訝平日喜歡鬥嘴的父母，怎麼不爭吵了！他們常常藉口出來上廁所、喝水，開心地坐在我們身邊，同我們一起看一會兒電視。那時我不知道丈夫已經病了，在和順的幸福中，我心裡有種淡淡的傷感，覺得以前有許多好日子，都被我們辜負、浪費了。

丈夫不在以後，我常在六點鐘他下班的時間，坐在電話旁邊的沙發上，等待他打電話回來，問我要帶什麼東西。

我當然知道丈夫已經離開人世，他永遠不會在六點鐘他下班的時候，打電話問我要帶什麼東西了。我想到我們曾經一起去看過一部電影《剪刀手愛德華》，說一個手是剪刀，可以修剪花木、美化世界，有人性的機器人的故事。我把丈夫突然患病到他去世那一段日子，從思維中剪去了。

我一直坐在沙發上等待電話鈴響，淚水不停從我的眼中流出。我感到我的眼淚匯成一條清澈的小溪，丈夫站在我身邊，默然無語望著我。

天黑了，我坐在黑暗中一直不住哭泣，聽到鄰家的電視機在播報新聞，知道我該進廚房為孩子們準備晚餐了。

我不知道在哀傷中蟄伏了多久，有一天大兒子告訴我他要結婚了，女兒也對我說她要出嫁了。我茫然望著他們，想到他們上小學的時候，丈夫喜歡叫他們靠牆站著，用鉛筆輕輕在他們頭頂的牆上畫一條線，記載他們的身高。一個學期一次，他們的身高節節上升，每次丈夫都驚訝地說：

「又長高了這麼多！好像菜園裡的菜澆了大糞一樣。」

女兒出嫁住在夫家，最小的兒子考上大學也住校去了，大兒子和媳婦在外縣市工作，為了不放心媽媽一個人在家，每天早出晚歸，原來熱熱鬧鬧的五口之家，突然冷靜了。我下班之後，一進門就打開電視，讓電視中的喧嚷隨我到臥室、廚房和陽台。

我很少坐下來看電視，有時坐在電視前面，也因為回憶往事心不在焉。但是像許多人一樣，坐下就不想起來了，有時候看著、看著就在沙發上睡著了。

晚歸的兒子、媳婦回來，見我睡在沙發上，媳婦說：

「媽媽怎麼在沙發上睡覺呀?!」

兒子說：「爲什麼不上床去睡！睡在床上不是舒服一點嗎？」

我連忙起身坐好，像犯了錯的小學生一樣感到不好意思。我不知如何跟他們說明，睡在沙發上和床上對我沒有什麼兩樣，爸爸不在之後，不管在哪裡，我都不會感覺安適了。

——一九九六年十二月

幸福

三個孩子從小和我很好，丈夫在世的時候常說三個孩子和我是一國的。丈夫過世之後，他們更加愛我，常常請我吃館子，帶我旅行、買禮物送給我，希望我快樂。

孩子們很小的時候，丈夫去香港工作一年，回來買了一隻芝柏錶給我。二十多年前台灣沒有現在富足，許多女人和小孩都沒有手錶，我不僅有手錶，還是名牌金錶。那時我年輕，有虛榮心，把丈夫送我的金錶戴到手腕上，覺得自己突然高貴起來。

丈夫送我的金錶，我一直沒有戴出去。因爲我好朋友的丈夫，都沒有送她們這樣貴重的禮物，我怕她們看了心裡難過。

我把金錶放在床頭，常在上床睡覺的時候戴上。我高高舉起手腕問丈夫：

「好不好看?」

丈夫說：「好看。」那隻小巧的金錶在燈光下燦爛奪目，更加可愛。丈夫慫恿我：「明天戴出去給你那些朋友看看。」
我笑著搖頭：「我不敢。」
那時我應該是一個很幸福的女人，除了有一隻丈夫送的金錶，還有一本自己寫的書。但是我不喜歡與人比財富和聰明，我從小重感情，覺得再好的東西都有個價錢，情感是無價的，比什麼都珍貴。如果一個人拿他的財富和聰明誇口，我會很鄙視他。
丈夫送我的金錶後來不見了。有一天丈夫請他的朋友一家人來吃飯，那個朋友有兩個小孩，他們玩了一天回去之後，我發現放在床頭的金錶不見了。
丈夫很生氣地說：「買給你，你不戴。現在好了！」
二十多年前買那隻金錶，要花丈夫兩三個月薪水，我一天也沒戴出去就不見了，心中悶悶不樂，抱怨丈夫愛請客。沒想到丈夫抓起電話就打給他的朋友，叫他的朋友問一問小孩，有沒有看到我的手錶。
我心中喊了聲：「糟了！」很少人拿了別人的東西，東窗事發還有勇氣拿出來物歸原主，何況是個孩子！他把朋友得罪了。
果然他的朋友問了小孩說：「我們小孩說沒有拿，你們的金錶是什麼樣子，她們都不知道。」以後兩家人就很少往來。

丈夫率直的個性使他吃了大虧，後來他工作一直不如意，沒有再買過貴重的東西送我。丈夫過世後，兒子繼光買了一隻金錶給我。他說：

「媽媽看看，有沒有比爸爸送你的那一隻漂亮。」

兒子送我的金錶比丈夫送我的那隻大一點、豪華一點，我看了心中並不覺得有什麼高興，問兒子怎麼送一隻金錶給我。他說：

「從爸爸送你那隻金錶不見的那一天，我心裡就想，將來長大了，要買一隻更好的金錶送給媽媽。」

那時兒子剛上小學，一個孩子的心願能維持這麼長久！如果丈夫還在，我一定很感動。如今丈夫不在了，再好的東西也引不起我多大的興趣。我對他說：

「以後千萬不要再買這麼貴重的東西給我。」

然而，不只兒子繼光，還有女兒繼安，甚至尚在讀大學的老三繼來，也常常巧立名目送我禮物。母親節、生日，還有我和丈夫結婚紀念日，他們都要慶祝。除了送我金錶、金手鐲、金項鍊，還有一些我不需要的裝飾物，彷彿我是芭比娃娃和聖誕樹。

我和丈夫是經過戰亂的人，看到孩子們如此花費，心中頗爲不安。

今年兒子繼光完婚，女兒繼安也要出嫁，多了媳婦和女婿，母親節過得更加熱鬧，一入五月他們就開始計畫要如何慶祝。

母親節前兩天晚上，我小寐醒來，聽到女兒說：「星期天一早我去濱江花市買花，然後看媽媽想去哪裡吃飯……」

我很想跳下床叫他們停止一切安排，告訴他們我心中沒有他們那樣高興。丈夫過世三年未滿，我尚在服喪期中。一激動眼淚奪眶而出，想到孩子幼時到了母親節，他們會從學校帶一朵自己做的康乃馨送給我。三人一排站好，雙手奉上，叫上幼稚園的小弟繼來代表唱母親節歌：

「親愛的媽媽呀！
我們愛你，
你每天洗衣煮飯，
眞是辛苦，
雙手奉上一朵紅花，
我願媽媽心快樂。」

三個孩子像我嗓子不好，讀幼稚園的繼來拉長喉嚨唱不成一個調，驚動了為慶祝母親節在廚房忙碌的丈夫。他走出來說：

「我眞羨慕這個女人，什麼事也不做，還有人說她辛苦，給她獻花！我忙進忙出，也沒人說一聲謝。」

女兒搬了一個小板凳，請丈夫坐下，喊了一聲：「弟弟。」繼來連忙過來給丈夫捶背，嘴裡還念著兒歌：

「小板凳，你別歪，
我請爸爸坐下來。
我給爸爸捶捶背，
爸爸說我好寶貝。」

回憶往事一夜沒有好睡。第二天上班打電話給女兒：

「方小妹，你聽著，過日子要細水長流，你們不要拿錢給我買快樂。」

丈夫不在之後，我心思不集中，講話斷斷續續；如今語氣堅定，一氣呵成。女兒知道事情嚴重，問我：

「媽媽要怎麼樣？」

「要你們像小時候一樣立正站好，聽我訓話。」我說：「要知道生活艱難，賺錢不易，不要把你們的孝心，在母親節那一天揮霍光了。」

女兒連連稱是，我心中才舒坦了一些。

母親節那天兒子繼光、媳婦玉玲送我一部除溼機，兒子說：「最近媽媽說腿痛，木柵潮溼，對媽媽腿不好。我們送媽媽一部除溼機，媽媽一定沒有意見吧！」

繼來帶了女友小白回來，送了我一個眼睛按摩器。他說：「媽媽眼睛不好，又愛看書寫字，我這個按摩器沒有老哥的除溼機昂貴，可是是媽媽最需要的東西。」

我說：「你買的東西，還不是花我的錢。」

他說：「哪裡，是我打工賺的錢，小白也出了一份。」

女婿煥瀛送的是一個外國設計師簽名的水晶盤。如果是兒子、女兒送的，我可能又要向他們訓話；是女婿送的，感覺就不同，虧他如此有心。以後家中來客，新婦玉玲用水晶盤放水果招待客人，更加喜氣。

晚上出去吃飯回來，要睡覺的時候看到女兒送的卡片，上面寫著：

親愛的媽媽：

時間過得眞快，一年年的母親節過去了。記得很小的時候，到了母親節，老師要我們很認眞地畫出一個媽媽來。雖然我畫得不像，還是滿心歡喜拿回家送給媽媽。稍長會做紙花了，在課堂間一面做，一面與四周的同學比較誰做得好看。我不知道我做得好不好，但是眞想馬上放學回家，把我做的那朵小紅花送給媽媽。這些過往種種，都令我無限懷念，在這許多珍貴的回憶中，您是絕對的主角。眞是非常感謝媽媽，一直如此溫馨且實際地與我同在。

如今方小妹雖然快要變成方老妹了，依然會立正站好，聽您諄諄的訓誨，並且像小時候一樣滿心感謝。

看了女兒的卡片，我極爲思念丈夫和往日的一切。舉起手腕，望著兒子送的金錶在燈光下閃閃生輝，彷彿丈夫就在我身邊。我想對他說，雖然他不在以後，孩子們一下子長大，各自成家獨立門戶，沒有人和我一國了。但是想起以前那些快樂時光，我仍然覺得這一生很幸福。

——一九九三年十二月

書桌，我的夢和歌

你一定要把那張書桌丟掉嗎？它在我們家二十多年了，如今依舊結實完好。那張書桌是哥哥上學的時候買的，那時大家的環境都不好，有許多家的孩子在吃飯的方桌上寫功課。

我記得書桌剛買來的時候，哥哥一本正經坐在桌前，他的兩隻腳還碰不到地。哥哥是個左撇子，用右手寫字拿不穩筆，他小心翼翼一筆一畫很吃力地寫著，我鼓勵他說：

「吃得苦中苦，方爲人上人。」

哥哥那個年代的孩子還很傳統，以聽話、孝順、做個好孩子爲榮。哥哥的左撇子很嚴重，他用右手寫字不僅緩慢、難看，而且還會口吃、眨眼睛。但是，我和爸爸怕他與眾不同，堅持要他用右手寫字。

哥哥在私立小學讀書，每天放學回家都有很多功課。有時我檢查他的作業，會突然發現一段整齊漂亮的字，我知道是他偷偷用左手寫字。我問他爲什麼要用左手寫字，他說：「右手寫字太慢了。」

我說：「慢一點有什麼關係？大家都用右手寫字，你用左手，看起來好彆扭。你現在用右手寫字寫得很好了，半途而廢不是很可惜嗎？讀書做學問要有毅力和恆心；你沒有毅力和恆心，怎麼讀書做學問呢！」

他說以後不會再犯了，可是偶爾我還是會在他的作業中，發現一段整齊漂亮的字。那時我對左撇子的事毫不了解，覺得我的孩子欺騙了我，很生氣地罵過他幾次。

有個假日清晨，我在整理房間，他在寫功課，我看到他把右手的筆換到左手去了。因爲生氣，我拿起梳妝枱上一把鐵刷子，狠狠朝他的左手腕上打去。

我明明是用鐵刷子背面打的，不知怎麼變成了正面，他的手腕上立即起了一粒粒排列整齊的血印子。我心中懊惱極了，我想即使是後母也不會下此毒手！坐在床邊大哭起來。

哥哥站在我身邊安慰我說：「明天就會好了。」

我聽了更加難過，對他說：「你爲什麼不聽話呢！如果聽話就不會有這樣的事情發生了。」

哥哥點頭表示同意我的話，他手腕上的血印子好多天才退，在未消退之前他用一條小手巾把那些血印子包起來，讓我感到很慚愧。

後來我們社區來了一個美國青年，黃頭髮、白皮膚，長得很俊美。小朋友都喊他哈囉，他說他不叫哈囉，他叫莊哈維。

哈維是他的名字，莊是他寄住那一家中國人的姓。有一天，他在我們家門口寫他的中文名字給小朋友看，哥哥發現他也是左撇子，跑回家對我說：

「媽媽快來看，哈囉也用左手寫字。」

莊哈維聽了，用他的洋腔洋調說：

「用左手寫字有什麼大驚小怪！在美國有許多人都用左手寫字，還有左撇子專用商店。」

我問他：「你的父母、老師都沒有糾正你嗎？」

他說：「沒有，為什麼要改變自然！福特總統也是左撇子，也用左手寫字。」

這個美國青年給我上了一課，以後在哥哥的作業中看到一段整齊漂亮的字，我就不再那麼生氣了。我對他說：

「我們是中國人，不是美國人。美國人崇尚自然、自由，中國人講求毅力、恆心。你盡量改用右手寫字，不是為爸爸、媽媽和老師，而是為你自己，看看你克服困難的能力有多大。」

哥哥說好，但是他升上五年級之後，因為私立小學功課繁重，每天晚上過了十點鐘還寫不完。我和爸爸看了許多有關左撇子的書，還請教了醫生，他們的說法都與莊哈維相同，我們才決定聽其自然，隨便他用左手或右手寫字。

哥哥改用右手寫字雖然沒有成功，卻養成他靜靜坐在書桌前面的習慣。他上高中之後變成一個高大、強壯的青少年。身體的發育超過了他的年紀與智力，很多話他不再像上中小學的時候那樣講給我聽了。那張書桌就成爲他的小小世界，他靜靜坐在那裡思索人生的奧祕，勝過他讀書的時刻。

哥哥遺傳了我對文學的喜好，他進入社會工作之後，星期假日很少外出，常常坐在那張他兒時讀書寫功課的書桌前，塗塗寫寫。黃昏時分他會找我同他一起出去散步，告訴我他今天寫了些什麼，讓我感覺歲月安詳靜好。

姊姊說：「我眞佩服老哥，可以一整天坐在書桌前面，而且甘之如飴。」

姊姊從小不愛讀書，長大以後自我檢討，最大的原因是她在書桌前面坐不住。她說：「我一在書桌前面坐下來，就想喝水、上廁所，或者打開冰箱找東西吃。」

姊姊長得純靜、秀氣，她講這樣的話，不但不會讓人覺得她是一個不用功讀書的壞小孩，反而認爲她純潔天眞。我記得她剛上小學的時候，有一天爸爸發現她趴在書桌上睡著了，叫我去看。她枕著胳臂、側著臉，長長的睫毛垂著、紅紅的小嘴張著，看起來是那樣舒泰、惹人憐愛，我和爸爸都不忍心叫醒她。

爲了讓姊姊專心坐在書桌前面讀書寫功課，我常常坐在書桌旁邊看書、打毛線陪她。常會突然聽到她說：

「媽媽，我好羨慕你喲！你都不用上學、寫功課。」

望著她天眞的小臉，我想我必須對她有所啓發，讓她了解我們在人生中會遇到許多事，需要知識和學問來處理解決。

我告訴她我在戰亂中的童年，對她說我三個月大就離開父母，同祖母留在河南老家，八年抗戰勝利之後，我和父母親見了面，他們在我眼中卻成了陌生人；還有中外古今許多令我感動的人與事。我很驚訝發現，這個不喜歡讀書寫功課的小女孩，居然完全明白我要表達的意思。

姊姊沒有隨著年歲的增長對讀書發生興趣，她在學校的功課，一直讓我和爸爸擔憂。她上中學之後，有一天我看到一篇她對一個小學同學的描述：

李華是我們班上公認最漂亮的男生，大眼睛、長睫毛，女生都喜歡同他講話，包括那些功課很好的模範生，可是他都一副愛理不理的樣子。

不知是否因爲我和他功課都不太好的關係，他常拿一些好看的書、好吃的東西與我分享。他的功課雖然不好，卻不像那些功課不好的男生一樣，沒皮沒臉的，一看就是壞學生的樣子。他只是上課的時候心不在焉，同我一樣對讀書不感興趣。

有次老師叫他到黑板上做一題數學，他做錯了，老師問他上課在幹什麼，剛剛講了好幾遍爲什麼不會做。他不說話，老師生氣了，用一根竹子抽他的腿。他穿著藍色短褲，腿上一下子出現好幾條血印子，他直直站在那裡一動也不動，彷彿老師打的不是他的腿。

我看到淚水掛在他長長的睫毛上，他好了不起！竟然不讓它掉下來，我低下頭不敢再看。

老師叫他回座位時，他經過模範生羅文玲的身邊，那個笨豬！居然用同情的眼神望著他，還喊了一聲：「李華！」難道她不知道李華對剛才受到的羞辱，希望世界上沒有一人看見嗎！

讀完這篇短文，讚嘆不已！一個思路這樣清晰的孩子，不喜歡讀書，令人迷惑不解。

你年紀比哥哥、姊姊小很多，你上小學之後，也坐在那張書桌前讀書寫功課。你和哥哥一樣不覺得讀書有什麼困難，你甚至還用堅定的語氣對我和爸爸說：

「我將來長大了要當博士。」

哥哥和姊姊從來沒有說過這樣有抱負的話，我們望著你，覺得你不僅比他們聰明伶俐，也比他們長得好看。

爸爸對我說：「這個小子要好好栽培。」

在爸爸用心策畫下，你小學畢業越區進入師大附中的國中部。那是一個很小的實驗國中，一個年級只有兩班，你成績中等，但是畢業以後考取建國中學。

我以為你上三年建中之後，會和爸爸一樣讀台大，然後碩士、博士，實現你兒時的願望。沒想到你高三下的時候爸爸突然病逝，這對我們家眞是青天霹靂！把你的讀書計畫完全打亂了。三民主義只有兩本書，你打算到了高三下再讀；家中發生如此不幸，你就讀不下去了。結果最容易拿分數的三民主義沒考好，你進入一個不甚理想的大學。

你上大學以後搬到學校附近住宿，起初一個星期回家一次，後來變成兩三個星期。就在這時候有一個名詞出現，民國六十年之後出生的孩子叫「新人類」。報上說這一代人反抗傳統、忠於自己。

我和爸爸是舊時代的人，我們喜歡恆久不變的東西，希望子女有恆久不變的氣質。雖然你是屬於新人類的年次，我從沒有想到你和他們有關。有次你不懂事，我糾正你，對你說哥哥和姊姊像你這樣大年紀，不是這樣的，他們溫和、有禮貌。你對我說：

「哥哥和姊姊在十九歲的時候，會像我一樣擔心有一天沒有人給他繳學費嗎？」

我聽了十分難過，想到爸爸生前那樣愛你，他突然去世，對你打擊一定很深，以後就不太忍心責備你。直到姊姊出嫁，你搬到她的房間，你要丟掉那張你們三個人幼年用過的書桌，讓我很驚訝！才意識到你是所謂的「新人類」。

我很耐心地告訴你，在那個貧窮的年代，我存了很久的錢才買下那張書桌。我用我的青春歲月陪你們三個孩子，在那張書桌前讀書寫功課，那張書桌上有我的夢與希望。將來你們三個人如果都到外地工作居住，我可以坐在那張書桌前一面給你們寫信，一面回憶你們的童年，那對我將是一個很大的安慰。

然而，你同我一樣固執。你說你喜歡住的地方東西少、空間大，家中現在有兩張新書桌，那張舊書桌眞的不需要了。

因爲你不體諒我的心意，我害怕有天我下班回來那張書桌不見了，有個晚上只有我一個人在家，我悄悄把它搬到屋外的陽台上，希望你知道我要保留它的決心。

那張書桌是實木做的，很沉重，我把五個抽屜拿下來，每個抽屜裡的東西都看了一遍。

我發現不只有你們三個孩子小時候的東西，還有爸爸的，我一邊看一邊流淚。我告訴自己時間不多，你隨時可能回來，我要趕快把它搬到一個不礙眼的地方。

少了五個抽屜的書桌仍然很沉重，我用毛巾包住四個桌腳把它拖了出去。當然整個過程沒有我說得這樣輕鬆，因爲還要經過一個通道、兩扇門，如果桌子尺寸無法通過某處，就前功盡棄。我問自己這樣做到底有什麼意義！汗水和淚水一併從我臉上流了下來，我聽到自己喃喃回答：

「年輕人不需要回憶，我老了！這張書桌陪同我度過人生中最甜美、溫馨的時光，我珍惜它。」

——二〇〇〇年一月

兒孫滿堂

日上三竿，小兒子仍未起床。這情形已經一個月了，還要繼續多久，我不知道。他原本像頭少壯的獅子，最恨頹廢；此刻如此，是因爲當兵回來與女友分手之故。

看到他這種情形我很氣惱，從小教導他要愛惜光陰：「一寸光陰一寸金，寸金難買寸光陰。失去寸金還好過，失去光陰無處尋。」望著窗外白花花的陽光，我感到他把白花花的銀子丟到水裡去了。

他一兄一姊已經結婚生子，對象都不是原先的那一位。失戀很不好受，但是沒有他這樣嚴重，我氣惱的情緒變成了失望，他仍不見好轉。我開始有些煩躁不安，向他的兄姊求援。他們因爲工作兒女忙碌不堪，輕描淡寫對我說，他們當年情感受創，也是從頹廢中慢慢掙扎出來，要我忍耐等候。

我不知道要忍耐等候多久，有個企業家讀書會請我去導讀村上春樹《挪威的森林》，我答應了。村上在台灣這麼紅，他的書我一本也沒有看過，我想看看他的書，也許會轉移我對小兒子的注意力。

〈挪威的森林〉原是「披頭四」唱的一首歌，說一個人在森林裡迷了路，走不出來。村上寫的是十幾歲、二十出頭的青年男女，成長過程的感情與心情；他們在人生的森林裡迷了路，有人走不出來就自殺了。

不管這本書在美學和藝術上有多麼成功，我看了感到憤怒與驚嚇！書中第一個自殺身亡的青少年十七歲，有天放學之後和好友打了一場球，晚上沒留一句遺言自殺了。

以後日上三竿看到小兒子仍睡在床上，我就更加憂心，異常想念去世八年的丈夫。他在世的時候我遇到困難，只要對他說一聲：「老爹，我不管啦！」就變成沒事人了。

有天我休假在家，已經九點多鐘了，小兒子的房門仍然關著。一種要窒息的感覺讓我開門出去，買了一份報紙，穿過馬路向對街的仙跡岩走去。

那是以前我和丈夫常爬的小山，八年了，我一直不敢再到那裡去，如今我一個人茫然向山路走。到了半山腰，我停下來坐在石階上，陽光透過樹葉灑在我身上，小鳥在山林裡啁啾叫著，我心中極為感傷，想有個人坐在我身邊同我講講話，讓我靠著他的肩哭一場。

我無聊地打開報紙，以前丈夫在世時，我只看副刊和影劇版。有關國家大事、財經消息都是他告訴我的。丈夫不在之後我才開始看正刊，家中需要有個人知道生存的世界，發生了什麼重要的事情。

開始看正刊之後影劇版就不看了，這兩年眼力不好，連最喜愛的副刊也很少看。坐在寧靜的半山腰，我看完了正刊，繼續看副刊，發現白先勇寫的散文〈樹猶如此〉，紀念他的亡友王國祥先生。文中提到他在聖塔巴巴拉的家，有三棵他和王國祥一起種的義大利柏樹，中間那一棵，在王國祥病重的時候枯死了。

白先勇聖塔巴巴拉的家我去過，我看過那三棵義大利柏樹，那是快二十年前的事。

以前台灣和大陸不能互通信息，兩岸親人通一封信，要經過第三國託人代轉。一九八二年我與在成都的父親和姊姊取得聯繫，得知母親在文革期間去世，爲了此生能見父親和姊姊一面，驚動了海外眾親友代爲策畫安排。

那時台灣尚未開放出國旅遊觀光，我和舅舅、舅母以參加玲玲表妹的婚禮爲由，一同去了洛杉磯。舅舅任公職，雖然很想與闊別三十多年的姊夫、大外甥女見一面。但是害怕回台之後被檢舉，參加完了表妹的婚禮，就和舅母匆匆返回台北。

洛杉磯住宅區很寧靜，表妹家白天只有我一個人。布穀鳥咕咕叫著，我坐在窗前一面聽布穀鳥叫，一面回憶我的童年。

一九四九年我十三歲，跟祖母自上海乘中興輪來台灣。任職中央銀行的父親到碼頭送行，臨別還對祖母說，他和母親、姊姊隨後就來。誰知我們來台灣沒有多久，大陸易手，十三歲的孩子跟著一個老奶奶，套句我祖母的口頭禪：「那就不能提了！」

做立法委員的外祖父也來了台灣，他在世的時候流著眼淚對我說：「康王兩家只有你一個小孩在台灣。你要好好念書，公公不僅要供你上大學，還要送你去留洋。」

然而我十五歲的時候，外祖父就去世了。

那時政府天天喊反攻大陸，一直不見動靜，我祖母隱隱感到大陸老家回不去了。她沒有怪政府，她怨我父親，常常嘆著氣對人說：「臨上船的時候還告訴我隨後就來！」怨我父親不孝，騙了她。

我祖母在民國六十年過世。如果她還活著，能見我父親一面，那該多好！

父親和姊姊未來之前，玲玲表妹帶我去找住處。看了好幾家汽車旅館，我都覺得太簡陋。我看中一個有廚房、客廳的房子，表妹嫌貴。我對她說：「父女分別三十多年才見一面，貴就貴一點吧！」她不再說話。

那天我和表妹去接機，三十多年不見，我在人群中一眼認出父親和姊姊。不是因爲他們身上灰色的大陸裝，而是那個頭、神情，一看就知道他們是康家人。我一下子回到十三歲，伏在父親胸前嗚嗚哭了起來。

有了一個好住處，姑姑的女兒萱表姊也從紐澤西飛來。她小父親五歲，以前和父親感情很好。她親切地喊著舅舅，同父親談往事；帶我和姊姊去超級市場買菜、包水餃，宴請洛杉磯的親朋好友，彷彿恢復了以前我們康家在大陸的好光景。

父親告訴大家，送我和祖母去台灣不久，他從上海中央銀行調到成都。大陸易手，中央銀行變成了人民銀行，他被調到洛山。姊姊說父親不吃辣椒，四川菜每樣都辣，生活成了問題，父親每次放假回成都，都對母親說他不回洛山了，要死一家人死在一起。

剛好姊姊就讀的華西醫科大學需要一個會計，姊姊問父親願不願意去，他不考慮就答應了。這個改變救了父親，文革發生，在人民銀行工作的中央銀行行員，都被鬥爭下落不明。華西醫大許多名醫、教授也在劫難逃，父親因爲只是一個小會計，才能活下來和我見面。

談到文革的殘酷，大家擔心我回台灣會因通匪罪被捕下獄。我決定與姊姊去聖塔巴巴拉看白先勇，他早有文名，如果我回去出事，請他寫文章營救。證明父親不過退休老人，姊姊只是醫生，不是女匪幹。

聖塔巴巴拉是個寧靜小城，我和姊姊乘灰狗巴士到那裡，剛剛雨過天青，樹葉上雨珠明亮，白先勇站在一棵大樹下等待我們。我給他介紹了姊姊，上了他的車。他先帶我們去一個小巧可愛的漁人碼頭，又帶我們去一家百年歷史的花園旅館。白先勇說所有來聖塔巴巴拉看他的朋友，他都帶來看這兩個地方。

姊姊和白先勇一見如故，他們談文革、林彪、劉少奇，還有毛澤東與周恩來，許多事我都不知情。到了白先勇家，聽他們說王光美，我說我知道了，小時候在南京看過她主演的電影《漁光曲》，還會唱裡面的主題曲：「天上旭日初昇，地面好風和順……」

白先勇和姊姊都笑了，他們說演《漁光曲》的女主角是王人美，王光美是劉少奇的太太。白先勇告訴姊姊，台灣因為戒嚴和報禁，許多消息進不來，在台灣的大陸人很多像我一樣糊裡糊塗過了三十多年，不知道文革時期大陸天翻地覆。

我起身看白先勇房裡的字畫，許多是民初名人寫給他父親的。院子裡茶花盛開，他和王國祥種的三棵義大利柏樹瘦瘦高高的，好像三個兵士並排站在那裡。我喜歡後院靠牆一棵橘子樹，結滿了紅豔豔的橘子。我問白先勇可以摘嗎，他說可以，但是那些橘子好看不好吃。我還是爬上梯子摘了一串。

樹頂的布穀鳥咕咕叫著飛遠了，我手中拿了一串紅豔豔的橘子，望著相談甚歡的姊姊和白先勇。我想三個中國人：一個來自成都、一個來自台灣、一個落戶美國，因爲戰亂造成了多麼不同的命運。

回到台灣，大家擔心的白色恐怖沒有發生，因爲那時不准出國旅遊，許多人甚至羨慕我有這個好機會。然而和父親、姊姊分別三十多年，匆匆見一面，又匆匆分離，我整個人成天呆呆的，好像在夢中醒不過來。

鄉親們知道我和父親、姊姊在美國見了面，都來打聽家鄉的消息。我說我只去了美國，沒有回大陸，不知道家鄉的事。他們就要我說父親和姊姊的事情給他們聽，彷彿這樣也可以一解鄉愁。

我被問煩了，不想把說過的話一遍遍重複，他們就不高興；生完氣再打電話來，要我把印象最深刻的事再講一遍。我說在洛杉磯讓我印象最深刻的就是吃一頓飯、買一樣東西，做會計的父親都會問我花了多少美金。然後開始計算合人民幣多少、台幣若干，是他們的薪水和我的薪水幾分之幾。

時間一天天過去，相聚的時日越來越少，我要父親不要算了。我說身爲亂世人，命都不能自保，還算那點錢幹什麼！父親眞的不算了，父女二人無言對坐，不知以後是否還有相見之日，常常忽然痛哭起來。

看完〈樹猶如此〉，往事也回憶完了，我慢慢下山。回到家中見小兒子已經起床，就拿〈樹猶如此〉給他看。他說他看過白先勇的《台北人》，他喜歡書裡的〈花橋榮記〉。〈花橋榮記〉我也看過，男主角盧先生是桂林「花橋榮記」的少東，在家鄉訂了親；來台灣之後潔身自愛，盼望將來回大陸與未婚妻成親。誰知輾轉傳來消息，盧先生的未婚妻在大陸嫁了人，盧先生失去所愛和冀望就自殺了。

我告訴小兒子，我年輕時候也喜歡〈花橋榮記〉，現在不喜歡了。我覺得人生不管多麼艱險困難，人的前面總該有路。

今年春節大家放假在家，小兒子的兄姊發揮了最大的愛心，初一哥哥帶他到陽明山爬好漢坡，初二姊姊同他去政大後山的杏花村看杏花。讓他知道春天來了，一年之計在於春，應該計畫、計畫自己的未來。

初三晚上我請大家到圓山飯店吃春酒，那裡寬敞，吃完飯小孫子有地方活動。沒想到一出門就有狀況，媳婦要開車，大兒子坐在駕駛座不肯讓。看他們僵持在那裡，我叫大兒子配合一下，他說：「為什麼什麼事都叫我配合！」下車回家去了。

媳婦追了過去，小夫妻二人不知怎麼商議的，再上車媳婦坐在駕駛座，兒子坐她旁邊。我心中五味雜陳，警告自己沉默是金。

到了圓山飯店大紅燈籠高高照，一派喜氣洋洋，擴音器播送著賀年歌：「恭喜！恭喜！恭喜你！」女兒、女婿帶著小外孫和外孫女先到了，每個人都受了新春的喜氣感染，圓山飯店裡一片恭喜之聲。

吃完飯一家人到大廳拍照，小孫子們看見偌大的地方可以玩耍，高興極了，跑東到西一刻也不肯安靜。幾個年輕人酒足飯飽，也很舒坦，站在那裡聊了起來。我怕小孫子跌跤了、跑丟了，照顧他們的責任就很自然落在我身上。

我追著小孫子們跑東到西，忽然有群人向我走來，我看見一個熟悉、親切的面孔，驚喜叫道：「白先勇！」兒子、女兒小時候都見過白叔叔，聞聲過來向白叔叔拜年問安。

白先勇看到昔日的小朋友如今升格爲人父母，感嘆時間過得太快了！他喊我的名字，握著我的手，用陽光普照的笑容望著我說：

「眞好！眞好！兒孫滿堂。」

他和朋友走了，又轉回來說約個時間請我吃飯。我忽然想起〈花橋榮記〉裡的盧先生，問白先勇如果是現在，盧先生的結局他要怎麼寫。他說：

「讓他結婚生子，兒孫滿堂。」

——二〇〇〇年一月

春日在天涯

以前有個年輕朋友，從法國學電影回來，看了我的作品，說我的風格有點像日本導演小津安二郎。

我沒看過小津安二郎導演的電影，他就講給我聽：有對母女相依爲命，後來女兒要出嫁了，雖是喜事，但是母女二人從此要各自生活。爲了在女兒出嫁之前，好好珍惜她們最後共度的時光，母女二人決定去旅行。旅途中，她們一面欣賞眼前的好風景，一面回憶往事，非常凄美、溫馨。

那個年輕朋友講這個故事的時候，女兒繼安也在場。我對她說：

「將來你結婚之前，我們也一起去旅行。」

那時丈夫還在世，而且健康良好。沒想到他會突然患病去世，看不到女兒出嫁。

我一直無法接受這件事，常常一個人呆坐自問：「這是眞的嗎？」就淚流滿面。孩子們看到這種情形，商議等我心情稍好一些，讓女兒陪我出門旅行。

女兒的未婚夫煥瀛在美國讀書，是個溫和、細心的青年。秋天來了，他在電話中告訴我，他住處的楓葉紅了，他說：

「藍天下一片楓紅，媽媽如果來看看，一定喜歡。」

冬天到了，他告訴我他們那裡下雪了。假日和同學去湖邊玩，湖水結了冰，他撿一個石子丟在結冰的湖面。他說：

「石子在冰上滾動，發出咻咻的聲音，很特別。媽媽聽到一定會高興。」

聽他這樣描述，我心中一動，問他：「那個湖大嗎？」

他說：「很大。」

我再問：「湖邊有沒有像聖誕卡上那樣銀色的針葉樹？」

他說：「有。」

我開始想結了冰的湖面是什麼樣子，還有石子丟在湖面咻咻的聲音，決定春天來了，和女兒去美國探望放春假的煥瀛。

到紐約我與女兒落腳在煥瀛妹妹家，他先帶我們去波士頓的鱈魚角。那是一個小漁港，有一座百年歷史的高大教堂和一些小巧可愛的禮品店，寧靜、安詳。

參觀了古老的教堂、逛完了禮品店，來到鱈魚角大西洋邊一望無際的白沙海岸。春寒料峭，白沙海灘沒有遊客，只有一些植物荒涼地在風中搖曳。

我低頭尋找貝殼，向藍色的海天之處走去，感到藍色的海天也緩緩向我迎來。我的腳踩在軟軟沙上，彷彿行在雲端；眼前越來越亮，我感覺進入一個神祕的藍色世界。猛抬頭，看到一個男人坐在靠海的沙灘上望著海洋，我快步向前想看看他的臉。丈夫過世之後，我的心就開始尋覓，祈望不管天涯還是海角，再見丈夫一面。

女兒和煥瀛見我越走越遠，大聲呼喊：「媽媽，走啦！前面還有好風景。」

我們又去了費城的長木花園，煥瀛說是杜邦公司回饋地方建造的。那眞是一個美麗的花園，溫室花房的花我大多沒有看過，不知道名字。處處繁花錦簇讓人目不暇給，好像到了仙境一般。

旅客個個輕聲細語，步調緩慢，我走在煥瀛和繼安後面，一面欣賞奇花異卉，一面想著女兒穿上新嫁娘衣裳的樣子。驚訝地發現一八二公分的煥瀛和一七二公分的繼安，即使走在高頭大馬、黃髮碧眼的洋人中，依然鶴立雞群。

走出花房遇到一對早年從台灣移民來的夫婦，他們說就住在附近，買了年票，每天都可以來散步。兩人誠懇、隨和，同他們談話令人愉快。我對煥瀛和繼安說：

「我們遇到了神仙眷侶，希望你們倆將來也這麼幸運。」

住在多倫多的立元表哥、少芳嫂邀我們去他們那裡玩，煥瀛一早開車沿著哈得遜河帶我們上路。早春天寒，一路不見其他車輛，到了一個觀景點，煥瀛停車叫我們看風景。河畔寒風冽冽，架了幾個望遠鏡，女兒掏出皮夾投幣，從望遠鏡中只見灰濛濛一片，看不到什麼景色。煥瀛說等天暖之後，這裡遍地野花，會非常漂亮。

車子再往前走，進入一條林間小路，路旁溪水潺潺。林間的樹木不粗，但是又高又直像溪頭的孟宗竹，頗有詩意。天空斜斜飄著小雨，車裡有暖氣、音樂和食物，我一人坐在後座，感覺舒適、自由。《聖經》上說：「我們得救在於歸回安息。」眞希望這條小路沒有盡頭，車子一直開下去。

出了樹林沒多久，到了西點軍校，我年輕時看過《西點軍魂》，心中有些興奮。煥瀛開車帶我們到校內繞了一圈，我感覺眼前的景色很熟悉，想了許久恍然大悟，原來成功嶺是模仿西點軍校建造的。

到了賣紀念品的地方，女兒發現她的皮夾忘在哈得遜河畔。皮夾裡有兩百多元美金、國際駕照和信用卡，還有一張她小時候和我合拍的相片，相片背後寫著「我和媽媽」。

我說：「怎麼這麼不小心！」

煥瀛聽了連忙打圓場：「媽媽，我們三個人一起旅行很難得，錢丟了就算了，信用卡可以馬上打電話掛失。繼安丟了皮夾已經很難過，媽媽不要再責備她。」

我看了他一眼，心想女兒從小迷糊，你不認爲是她的缺點，還替她說話，我當然不會再嘮叨殺風景。

離開西點軍校，有兩條路去多倫多：一條不收費，車多不漂亮；一條收費，有人保養，車少風景好。兩小時車程，就有一個童話小屋一般可愛的休息站。四周種滿了花，屋裡有暖氣和熱咖啡。坐在靠窗的位子上，我一面喝咖啡，一面對煥瀛說女兒的童年。

「繼安從小迷糊，但是大家都喜歡她，說這個孩子善良、忠厚。她闖了禍她爸爸要打她，她搖著小手說：『不敢了，不敢了。』她爸爸就打不下去了。

「她是一個很特別的小女孩，雖然家人、鄰居都喜愛她，沒有把她寵壞。她很小、很小的時候，我帶她去雜貨店買冰糖，讓她幫我拿著，我等老闆找錢。一轉身看到雜貨店門口玩耍的小孩，都在吃冰糖。我問她：『冰糖呢？』她說：『分分。』全部給我分掉了。」

煥瀛靜靜聽著，不時愛憐地望著繼安，讓我感到女兒的幸福，撫平了我一生的不幸。

到達美加邊境很晚了，還沒有看到尼加拉瓜瀑布，先聽到轟轟萬馬奔騰的聲音。這裡的春日更加寒冷，我穿著大衣縮著脖子，在蒼茫的暮色中望著飛瀑怒潮，感到人在浩瀚的宇宙裡眞是太渺小了。

立元表哥國防醫學院牙科畢業，曾在榮總做醫生，後來移民加拿大，取得牙科博士學位，在多倫多開業行醫。立元哥說他人在番邦心思漢，診所用的雖是白人護士，聽的卻是〈四郎探母〉：「楊延輝坐宮院，自思自嘆，想起了當年事，好不慘然……」

丈夫和立元哥年紀差不多，都曾是有抱負的上進青年。丈夫在上海考取國防醫學院藥劑系，來台灣又投考台大商學系。那時理工掛帥，丈夫鬱鬱不得志，見立元哥移民加拿大有成，頗爲羨慕，做了一首打油詩：

少年亦努力，老大仍傷悲。
但願兒成器，學工或學醫。

丈夫羨慕的立元哥，也有他的寂寞，住在前後都是白人的高級住宅區，沒有人知道他的辛苦奮鬥。他對我說他把母親從河南老家接來多倫多奉養，老人家住不慣要回去，叫他給老家的弟弟、妹妹買電視、冰箱，還有洗衣機。

立元哥說老家沒有自來水，等有自來水再買洗衣機，老人家執意要買。立元哥動了氣對母親說：「你只想到老家的兒女，難道我就不是你的兒子？你有沒有想想我隻身在外這麼多年，要是餓死、病死呢！」老人家不說話，光流淚，但還是要買洗衣機給老家的兒女帶回去。

立元哥說他與丈夫這一代人都很不幸，自幼被教導修身齊家治國平天下，偏偏碰到戰亂，許多人都不能實現自己的理想與抱負。大家都講他混得好，只有他心中清楚，他不過是個看牙的！離少年時代治國平天下的志願太遙遠了。

立元哥和少芳嫂帶我們逛了多倫多市區，看了比美國大好幾倍的加拿大尼加拉瓜瀑布。和他們告別，煥瀛帶我們去遊千島湖，湖水是茶褐色的不乾淨，讓人頗爲失望。我正感覺無聊，看到前面坐了一個青年，不時伸手摸他的耳朵，也是一副無聊的樣子。

我開始注意那個青年，原來他右耳上戴了一隻耳環。我第一次看見男人戴耳環，十分好奇。他是那麼敏銳，很快就發現身後有人看他，不時微笑回過頭來。那笑容很特別，充滿了瞭解與友善，彷彿在說：

「這很普通呀！」

我也立刻用友善和瞭解的微笑回答他：「是呀！你戴的耳環很好看。」

回到紐約，煥瀛帶我們去逛名牌大街，女兒高䠷，每件衣裳穿在她身上都好看。我鼓勵她買，她說太貴，試穿一下就好。

她只買了一個名牌皮包、一雙名牌皮鞋，因爲金髮女店員和我年紀相仿，風度優雅地喊她 Honey，說她漂亮。

有人說到過紐約這個世界第一大都市，你會發現自己不一樣了。我問繼安：

「你覺得自己不一樣了嗎？」

「沒有。」她說：「不過，最好的東西都看過了，以後再看到什麼好東西就不會大驚小怪。」

休息了兩天，煥瀛開車帶我們到佛羅里達，途經紐澤西、賓州、德拉瓦、馬里蘭、華盛頓特區。然後是維吉尼亞、北卡、南卡和喬治亞，每到一處就去一個風景名勝，玩累了夜宿汽車旅館。

在華盛頓特區最後一個晚上，我們去吃中國餐館。煥瀛要我多吃一點，他說離開華府再往下走就吃不到中國菜了。

從維吉尼亞到北卡、南卡，看到的都是土生土長的美國人，電台和餐館的音樂粗獷、荒涼。我們的車常常一開好幾個小時，不是山區，就是原野。我不知道到了哪裡，但是從不同的鄉土音樂中，我知道又到了一個新地方。

越來越粗獷的鄉土音樂，使我想起小時候聽祖母勸人珍惜當下的話：「過了這個村，就沒有這個調了！」

到了喬治亞，煥瀛說：

「媽媽，你這趟走的地方，比許多土生土長的美國人還多。」

我笑著向他致謝，告訴自己回去之後該振作了，女兒即將出嫁，有很多事情等著我這個母代父職的媽媽去做。

——二〇〇〇年七月

豐富之旅

兒子進入社會工作那年，訂了一本《讀者文摘》。年輕人喜歡閱讀是件好事，我年輕的時候也喜歡閱讀，但是從來捨不得爲自己訂一本雜誌。許多好書，我都是站在書店裡，分好幾次看完的。

望著印刷精美的《讀者文摘》，我對丈夫說：「這小子眞是大手筆。」

那本《讀者文摘》訂了一年就停了，但是雜誌社還常常用上好的紙張寄一些信函給兒子，說他是幸運讀者。請他塡寫寄來的資料，將有很大機會抽中幸運讀者獎：兩張去埃及看金字塔的來回機票。

那時台灣還不流行商業廣告，我想《讀者文摘》這樣有聲望的雜誌一定不會騙人，不瞭解兒子爲什麼不試試運氣。我把這件事告訴丈夫，他也表示不懂；我們年輕的時候因爲戰亂、貧乏和貧窮，讓我們不願失去任何一個好機會。

不知丈夫何時把兒子不要的廣告函，塡寫之後寄了回去。有一天他神祕兮兮對我說，再過一關，他可能就要領到那份幸運讀者獎了。我隨口問他：

「得到兩張去埃及機票，帶誰去？」

他說：「帶方小妹。」

方小妹是我們的女兒，二十出頭，長得亭亭玉立。我故意問：「爲什麼不帶我？」

他也故意說：「你說出門三分險，你不喜歡旅行。」

我瞪了他一眼，「你那點薪水光養三個小孩和老婆都不夠了，我能說我喜歡旅行嗎？」

以後看到丈夫很認眞地塡寫雜誌社寄來的資料，我就調侃他：

「最後一關過了沒有？」

他都說：「快了。」

我竊竊發笑，心裡想做你的白日夢吧！然而在我竊笑丈夫做白日夢的時候，不知道自己也在人生的大夢之中。有天丈夫說他右上腹痛，接著食慾不振，到醫院檢查，竟是從未聽過的膽管癌，而且這個病一發就無法醫治。

丈夫知道了病情不知會如何驚懼！我和醫生商議暫時不告訴他，等他問了再說。丈夫住院之後怕他胡思亂想，我把雜誌社寄來的資料拿到醫院讓他塡寫。丈夫是做事有始有終的人，他就著病床前的小櫃子，一筆一畫塡寫著。

丈夫的字端正好看，寫在那張上好的白紙上更加漂亮。我站在他背後癡癡看著，淚水湧入眼眶。沒想到兒子不要的一份廣告，會成爲丈夫人生最後的旅途中，一個希望與安慰。我用溫柔的聲音問他：

「過了最後一關，拿到兩張去埃及機票，你要帶誰去？」

他用已經有點微弱的聲音說：「帶你。」

我說：「怎麼不帶方小妹了？」

他說：「你寫作，應該帶你去看看世界。」

我說謝謝，淚水奪眶而出。淚眼中彷彿看到一對青年男女攜手成婚，兩人老了以後，那個男人在臨終前對女人說：「我仍然愛你。」

丈夫過世之後，兒子進入航空公司工作，每年都有一張免費機票讓我去世界各地。因爲心情不好，我什麼地方也沒有去。

「世界女記者與女作家協會」在希臘開年會，好友姚宜瑛、王令嫻、劉靜娟邀我同行。我想希臘鄰近埃及，說不定開完會大家會去埃及看看，就跟她們去了。

我們坐飛機經香港到曼谷，再轉機到雅典，要二十幾個小時，到了那裡大家筋疲力竭。

九月下午的希臘豔陽高照，我們開會、住宿的地方在愛琴海邊一個度假村。因為太疲倦，再好的景色也無心欣賞。我和室友姚宜瑛進房間，放下行李就倒床大睡。

睡夢中聽到有人喊我的名字，就是張不開眼睛，直到住在隔壁的劉靜娟用力敲門，我才醒了過來。劉靜娟說王令嫻關在浴室出不來了，她打電話給服務中心，服務中心說很多希臘人下午不上班，找朋友吃飯聊天去了，不知何時才能找來鎖匠開門。

劉靜娟說完回房睡覺去了，把王令嫻交給我。門外有棵大樹，我坐在樹蔭下，對著浴室的氣窗向王令嫻喊話：

「王令嫻，這裡是希臘吔！我頭頂的天空好藍、愛琴海的海水也好藍吔！」

王令嫻嘿嘿笑了兩聲，說她關在浴室裡什麼也看不到。我想起了蘇格拉底，問她：

「你還記得蘇格拉底嗎？」

她又嘿嘿笑了兩聲說：「我只記得他是希臘的哲學家，其他記不清楚了。」

「我講給你聽，」我說：「希臘人喜歡聊天，愛過悠閒的生活，蘇格拉底成天站在大街小巷大發議論。大家很喜歡聽，不管他走到哪裡，後面都跟著一群人。希臘當局見蘇格拉底的聽眾越來越多，說他妖言惑眾，把他關到牢裡，居然有許多人為了聽他講話，跟著去坐牢。當局覺得蘇格拉底影響力太大了，給他兩個選擇：離開希臘，或者接受死刑。」

王令嫻說：「希臘人那麼愛自由，也有政治迫害呀！後來呢？」

「蘇格拉底接受了死刑，」我說：「因爲離開希臘就沒有人聽他講話了。」

王令嫻說：「眞是的！」

天有些暗了，我叫王令嫻有個心理準備，萬一找不到鎖匠，她今晚就要在浴室過夜，先看看氣窗可不可以打開，到時候我好給她遞點吃的。

當天晚上地主國舉辦一個露天燭光晚會歡迎我們，各國代表盛裝出席。樂隊一開始演奏，就有幾個不知是女記者，還是女作家的金髮女子進入舞池。

我們台灣團人數最多，但是大家都優雅地坐在那裡觀看。晚風涼涼吹著，頭頂繁星熠熠，我想到詩人的名句：「星空非常希臘！」起身步入舞池。

我是笨拙不會跳舞的人，我的好朋友全張大了眼睛。我微笑伸開手臂，然後扭動身體。我不知道樂隊奏的是什麼曲子，我心中唱起由《雅歌》詩句譜成的歌：

南風呀請速興起，北風呀快吹來，
吹向我心的園地，滿院芬芳播開。

願我的所愛到這來，享受我純潔愛……

我在舞池裡忘我快樂地舞動著，有個像伊麗莎白．泰勒一般漂亮的女子笑著向我迎來。我不知道她是誰，我們連聲「嗨」也沒有說。她手扶著我的腰，碧藍的眼睛看著我的臉，帶我跳起舞來。

在她的帶動下，我變得十分靈活。我開心笑著，她也開心笑著，直到音樂停止，我們緊緊擁抱在一起。她把滿是汗水的臉貼在我的臉上，那涼涼、溼溼的感覺讓我異樣震驚。我們站在舞池中等待下一個舞曲，然而領隊蘇玉珍大姊過來邀我的舞伴和她共舞。我回到位子上，好朋友們對我說：「看不出你這麼會跳舞！」讓我感覺剛才的事不是眞的。

次日大會開幕，會場在愛琴海上一個船屋。我們用過早餐沿著愛琴海向船屋走，不時有幾個穿泳衣、曬成古銅色的外國男女從身邊經過。

愛琴海溫柔、迷人，彷彿藍寶石一般在晨光中閃閃發光。我走在大家後面，貪婪地望著眼前的美景，心想難怪甘迺迪總統遇刺之後，夫人賈桂琳帶兒女到希臘療傷止痛。如果可以，我也願意來此度餘生。

建在海灣的船屋外表是白色的，裡面是海水一般的寶藍色，會場上方左右兩邊是旁聽席。我這個只會母語的人高高坐在旁聽席上，拿著望遠鏡看四周的風景。

船屋附近有許多白色私人遊艇，隨著海浪漂動，海鷗在遊艇上方飛舞，美得令人感動。然而，我背後的海岸連著一疊疊灰土土的山丘，顯得十分突兀。我常忍不住回過頭去看一眼，不知埃及的金字塔是否就在山丘的後方。

那個帶我跳舞的女子是智利人，我看到她和她們代表團的幾個人坐在主席台上，主持會議。她每天看到我都伸手與我擁抱，喊我「my friend」。

除了我，我們團裡其他團員都會英文。她們忙著做國民外交之際，發現我這個只會母語的人，有一個常常和我擁抱、喊我 my friend 的異國友人，驚訝不已。

我的智利友人帶了她二十歲的女兒一起來開會，那是一個長髮、甜美的女孩。我請人告訴她我也有一個女兒，像她女兒一樣甜美、可愛。

會議結束，我們去雅典市區看了神殿、度假村附近的海神廟，還坐了三天遊輪觀光了希臘幾個有名的小島。我最喜歡建築在愛琴海邊山丘上的海神廟，只剩下幾根白玉石柱，默然佇立在那裡。或許長年吸收海天精華，一根根石柱彷彿都有了生命，遊客不管遠觀近賞都震撼不已。

離開希臘我們去了土耳其，這個同瀕愛琴海的鄰國與希臘大不相同，人民膚色、衣著都近乎土黃色，顯得十分拘謹。我們在君士坦丁堡參觀了皇宮和藍色清眞寺，隨後去《聖經》裡有名的以弗所。

以弗所四周都是山丘，因爲無人居住，天空異樣潔淨、湛藍。導遊告訴我們，三千多年前以弗所很繁榮，有神殿、遊藝場，還有公廁和妓院。那時的人已經知道用陶器做水管，把山下的水引上山來。

導遊還說耶穌基督被釘十字架之後，聖徒保羅藏在附近的山中寫〈四福音書〉。我是基督徒，想到當年我主行過的路，如今我也行過，心中充滿了感動。

最後導遊帶我們去參觀地毯工廠，看到幾個包著土色包頭、穿著土色衣服的土耳其婦女，坐在高高的織地毯機前。導遊說編織一張地毯要三、四個月，從事這個工作的婦女從十六、七歲開始，一直做到老死。

我算了算，編織一張地毯三、四個月，一年約編出三、四張。從十六、七歲編織到六十六、七歲，五十年只能編出兩百張地毯。一個女子的一生，就這樣在織地毯機前度過了。

我站在一個編織地毯的女子身後，請同行的朋友爲我拍照。如果我再老一些，對人生有怨言，我要拿出這張相片看一看，告訴自己，比起這個編織地毯的土耳其婦女，我的人生要豐富、幸運多了。

我帶你遊山玩水

去年兒子服務的航空公司調他到阿拉斯加工作。我對阿拉斯加知道不多，僅知靠近北極，氣溫低，山頂積雪終年不化，古早的時候只有愛斯基摩人居住。

兒子有妻有女是成年人，最怕我把他當小孩一般擔心。聽到他要調去阿拉斯加工作，我還是忍不住說：

「雪地又冰天，蘇武牧羊呀！」

母子連心，兒子立即拍拍我的肩，安慰我說阿拉斯加不是終年冰天雪地，五月之後開始轉暖，到六月就有十幾度了。五月到九月之間，我和媳婦、小孫女可以隨時去看他。

兒子去年七月到阿拉斯加，我和媳婦帶著小孫女九月初就探親去了。那裡氣溫不到十度，但是沒有想像中那樣寒冷。我們下飛機坐上兒子來接我們的車，他問我們累不累；因為看到他高興，我們說不累。他沒先告訴我們，就載我們到一個山頂滿是積雪的公園。

夜晚九點已過，太陽仍高高掛在天上。兒子說等十點多鐘太陽下山，彩霞滿天非常漂亮。

我想起他父親剛過世的時候，有天黃昏他帶我去陽明山，也是彩霞滿天。我挽著他向前走，身後的黑夜已悄悄來臨，我回過頭望望身後的黑暗，再看看眼前的彩霞對他說：「如果不是跟最親愛的人在一起，這麼美麗的景色，這麼快就要消失了，我眞不敢看。」

阿拉斯加的彩霞與陽明山不同，陽明山的彩霞是淡紅淺黃爲主的溫柔；阿拉斯加的彩霞則是在青綠的天空中，出現一條條暗紫、深紅的冷豔。

隔天兒子帶我們去觀光街，那裡的房子多半是平房小屋，一家連著一家，門前種滿了顏色鮮豔的花卉，令人一看就十分喜歡。來這裡觀光的遊客幾乎全是老年人，他們一個比一個肥胖，彌勒佛一般笑語不斷，從這一家小店裡走出來，走到那一家小店之中。

我告訴兒子我喜歡這個地方，明年春暖我還要再來。沒想到我們的阿拉斯加之遊尚未開始，就發生了九一一恐怖攻擊事件。那天一早休假中的兒子被叫回辦公室，就忙得回不了家。他打電話來告訴我們紐約、西雅圖、洛杉磯這些主要機場都關閉了，情勢十分緊張，要我們不要外出，以免被誤認是阿拉伯人危險。

我們只有待在家中看電視。每看一回被劫的聯合航空飛機衝撞雙子星大樓的畫面，我就一陣心悸，感到世界末日要來臨了。

今年六月我跟媳婦帶著小孫女又去了阿拉斯加，一下飛機看到山頂的積雪，心中充滿了舊地重遊的喜悅。

六月的阿拉斯加氣溫在十五度左右，涼涼的，讓人感覺說不出的舒爽。兒子說現在的太陽到夜晚十一、二點才落，清晨四點多鐘又昇上來了，在沒有太陽的四、五小時裡，天沒有黑，只是暗，很神奇。

休息了一天，兒子帶我們去靠近北極圈的底納利國家公園。從安克拉治開了六個多小時的車，到達底納利太陽快要下山了。吃過晚餐出來，看到青綠的天空中繁星閃爍，如夢似幻漂亮極了。我們忍不住一陣歡呼，兒子說：

「這裡靠近北極圈，星星又大又亮，要是幸運，有時候還會看到綠光。」

我牽著小孫女的手，往我們住宿的小木屋走，我教她念我小時候祖母教我念的童謠古話：

「青石板，板石青，青石板上釘銀釘，數來數去數不清。」

底納利公園很大，乘坐遊園巴士看風景，來回要十一個小時。我們的駕駛員是一個三十多歲的女子，成熟、穩重，雙手很自信地握著方向盤。不時透過麥克風告訴我們哪裡有動物出入、哪裡是古早時候冰河河床。

見到動物她會停車讓我們隔窗觀看，然後端起保溫杯喝兩口水，一副怡然自得的樣子。有人大聲講話，她還會把食指放在嘴唇上要那人小聲一點，不要驚動了窗外的動物。

在底納利公園，我們看到土撥鼠、山羊、麋鹿和熊等。這些動物動物園裡都有，起初我不覺得有什麼稀奇。然而，車子沒開一會兒又看到了牠們，就會覺得很親切。麋鹿壯壯笨笨的，不會讓車子，大搖大擺從我們車子前面走過，有時會滑稽地嗚嗚叫兩聲，好像一個頑皮撒嬌的小孩。

山羊則是成群結隊在山坡上吃草，安安詳詳的，大家透過望遠鏡很認眞地看牠們。我說：

「山羊有這麼好看嗎？」

兒子說：「當然，牠們是貴族山羊，有這麼大的地方居住，吃最乾淨的草，喝最清潔的水，呼吸最芬芳的空氣。」

以前我一直以爲熊是肉食動物，像虎豹一般兇殘；在底納利公園裡我看到的熊會吃草和樹葉，非常有趣。牠們四腳行走的時候，一邊走一邊吃草，看到樹木牠們會兩腳站立啃食樹葉，彷彿性情很溫和似的。

難怪美國兒童喜歡熊寶寶，玩具熊 Teddy Bear 舉世皆知。聽說九一一恐怖攻擊事件發生後，台灣商人腦筋動得快，讓熊寶寶穿上美國國旗圖案的T恤，還會唱美國國歌，結果大賣特賣。

底納利公園裡沒有賣吃喝的地方，只有一個賣紀念品的小店和幾個看風景的休息站給大家上廁所。偌大的公園不見一點污染，身在其中感到渾身的世俗之氣都洗滌乾淨了，我們決定再住一日。

第二天一早，兒子開車帶我們去沒有動物出沒的山區。下車之後我們沿著一條河流向前走，我走累了坐在一條長木凳上休息，讓兒子、媳婦帶著小孫女繼續前進。河水潺潺，四周無人，長長的木凳任我坐臥。我大聲歌唱、深深呼吸，覺得此刻的自己也如同貴族一般。

從底納利回來休息了兩天，我們去觀光街吃飯、買東西。跟在那些老人遊客後面閒逛，我突然極為想念丈夫，對兒子說：

「要是老爹在就好了！你們公司有免費機票，我退休之後他就可以帶我遊山玩水。」

兒子又帶我們去俄國村，他說俄國人把阿拉斯加賣給美國人之後，有些人留下來沒有走，住在海邊以捕魚爲生。

臨海的俄國村，長年受海風侵蝕，像古蹟一般陳舊。有家人剛捕到一條一人高的大比目魚，正在切割，全村的人都在圍觀。兒子問他們魚肉賣不賣，他們說不賣，如果我們要可以送。

圍觀的人聽到我們的聲音，把目光停在我們身上，小孩子更是看得目不轉睛。他們驚奇的眼神彷彿在問：

「你們從哪裡來的？外星嗎？」

兒子說：「我們變成他們的觀光對象了。」

我們走到一家賣紀念品的小店，門關著上面貼了一張紙條：「出海打魚，請下次再來。」令人莞爾。

離開俄國村沿著海往前走，看到一些新興的鄉鎮。我們在一個有許多漂亮小屋的漁人碼頭停下來，吃剛從海裡捕來的大比目魚，喝俄國啤酒。

兒子殷切地幫我夾菜斟酒，他刻意的溫柔像似在說：「老爹不在了，我帶你遊山玩水。」

我舉杯向他致謝，不覺熱淚盈眶。

回台灣的前夕，兒子帶我們到他住的附近散步，路旁的草地開滿了勿忘我，和像雛菊一般碩大的蒲公英。我牽著小孫女向前走，迎面來了一個東方面孔的女子，年紀比我略大，也牽著一個小孫女。

她衣著比我樸素，一直望著我笑。我以爲她是從大陸來的，和我一樣到這裡看望兒子，也望著她笑。走近之後我們互道 **Hello**，才發現她的話我一句也不懂。

然而，她望著我的眼神充滿了驚喜，彷彿《紅樓夢》中，寶玉初見黛玉說這位神仙妹妹我見過的情景。

兒子看見了說那個女子是愛斯基摩人，他們的祖先是蒙古人。那個女子一定很驚訝，我怎麼長得和她如此相似。

兒子告訴我愛斯基摩人很單純，每天無憂無慮，吃得飽睡得著。他們把睡覺視爲死、醒來當做生，因此，他們不計算年歲。你如果問他們多大，他們會反問你：「你是說大約嗎？」眞是山中無甲子，寒盡不知年，快樂的人生。

回台灣之後，我久久無法忘懷阿拉斯加青綠的天空、山頂的白雪，滿地的勿忘我、像雛菊般碩大的蒲公英，還有那個愛斯基摩女子望著我驚喜的眼神。

——二〇〇二年十一月

親愛的小寶貝

芳　慈

你的預產期那天，剛好是農曆七夕。婆婆家鄉有個傳說，七夕生的女孩子聰明，她們大多叫巧姐兒。

婆婆家鄉的人喜歡小孩憨厚、不要太聰明。看你媽肚子一天天大起來，我心裡嘀咕，希望你早一天或者晚一天出生。

那年七夕前一天早上我剛到辦公室，你爸就打電話來說你媽肚子痛，在汀州路三軍總醫院，要我趕快去。

我匆匆趕到醫院，看見你媽躺在待產室的床上呻吟。你爸拿著一個V8攝影機對著她，你媽生氣地叫他走開。

我坐在你媽的床前，輕輕摩撫她的手臂，希望減輕她的痛苦。她安靜了一會兒又大聲呻吟，後來醫生來了，叫護士小姐推她去生產室。

我和你爸在外面等待，V8攝影機仍拿在他手中，我叫他不要一直拿著那個笨重的傢伙。他說等你一出生產室就要給你攝影，所以要準備好。

過了半個多小時，兩個護士各抱一個小嬰孩從生產室出來。一個走向我，一個走向另一個等待的婆婆，兩個小嬰孩齊聲大哭。

你全身通紅，另一個嬰孩較白。大家說嬰孩生下來紅長大會變白，生下來白長大就變黑了。護士小姐說還好你是女生，那個較白的嬰孩是男生，長大黑一點沒關係。

這時出來兩個實習小醫生，他們笑嘻嘻說你長大了不白沒有關係，他們已經給你找到男朋友。那男嬰比你早十分鐘落地，他們給你們兩個在出生紀錄按腳印時，已經讓你們握過手了。

兩個婆婆抱著孫孫笑開懷，你爸在一旁拿著V8攝影機忙著留影存證。男嬰的媽是三總的護士，知道了小醫生的話覺得有趣，對你媽說以後打預防針她負責給你掛號，讓你和她兒子見見面。

你長大了沒變白，我失望地說：「怎麼會這樣？爸媽都不黑呀！」

你媽說：「黑是天生的，沒關係！健康就好。」我感到你媽極爲愛你，勝過她曾經所愛的一切。

你雖不是七夕出生，也很聰明。兩歲時你爸開車帶我們去陽明山，我指著山上的樹木教你念大衛王的詩歌：

「他像一棵樹栽在溪水旁，
按時候結果子，
葉子也不枯乾，
凡是他所做的盡都順利。」

你跟著我沒念幾遍，就咿咿呀呀會背了。你兩歲半弟弟文賦出生，醫生對你媽說她會很辛苦，兩歲半是很難纏的年紀——不知道自己做了姊姊，把剛出生的弟弟當不速之客敵視。文賦出生第一天我就領教了，歡歡喜喜帶你去醫院看媽媽和弟弟，回去的時候你不肯走，到家門口不肯下計程車。我強行把你抱回家，進了門你坐在地上哭喊：

「不要婆婆抱抱，我要『即己』走回家。」

我氣得想打你，但是你還不會說「自己」，聽你用稚嫩的聲音把「自己」說成「即己」，我只有耐著性子打開門讓你出去，再「即己」走進家來。

如果你只多了個弟弟，你爸媽沒有創業做生意也還好些。你爸媽忙於生意，把你和弟弟交給菲律賓阿姨照看，讓你這個小姊姊充分發揮了難纏、不合作的兩歲半精神。

如今你小二要升小三了，「兩歲半性格」跟著你長大，常常為一粒糖果、一個玩具和弟弟爭吵不休，讓在外忙了一天的媽媽回家也不能休息。

有天你媽剛回來就接到圍棋老師的電話，說你兩次沒有去上圍棋課。她很生氣問你原因，你支吾半天說不明白，你媽叫你寫下來。你這樣寫著：

這不是我第一次沒有上圍棋課，兩次原因都一模一樣，都是忘記帶圍棋作業，不敢去上課。其實我的圍棋下得滿不錯，圍棋老師也滿喜歡我的。

沒去上圍棋課我就坐在學校大門口發呆，等阿姨來接我。覺得肚子餓了，我就打開書包，把早上沒吃完的麵包拿出來吃，吃完以後坐在原處繼續發呆。有時也會看其他小朋友玩遊戲，或是自己跟自己玩剪刀、石頭、布……

你媽看了忘記生氣，說我後繼有人。我想到我年輕的時候，因為寫作疏於照顧小孩，我祖母有些憂愁地望著我說：

「我看，你還是多照顧一下小孩，少寫一點文章。」

此刻我也有些憂愁地望著你媽說：

「芳慈是個聰明的小孩。我看，你還是多抽空陪陪她。」

家昕

你過預產期好幾天才出生，你爸陪你媽去醫院，家中只剩奶奶和小黃狗。夜晚我有點害怕睡不安穩，小黃狗睡在我窗外的陽台上，我一翻身牠就會覺察，立即嗯嗯兩聲，彷彿說：「我在這裡，你別怕。」

你遲遲不出生讓人著急，我每天等待好消息很晚才睡。有天夜晚你爸打電話來說你生了，母女平安。我睡意矇矓問他現在幾點，他說快兩點了，我立即清醒坐起身來，默默地告訴爺爺我們家又見一代人了，淚水跟著湧入眼眶。

你是個健康寶寶，不僅生下來比芳慈姊姊重很多，還很會吃奶。爲了給你取名字，你爸把家中多年不用的《辭源》和《辭海》搬了出來。他寫了十幾個名字叫我選，我都覺得生生冷冷不親切。我在紙上寫了「家昕」二字，你爸和你媽都說好，你的名字就這樣決定了。

家昕二字不是我順口說的，你爸和你媽爲你想名字的時候，我也在想了。這個由爺爺與我組成的家，經你爸、你媽到你，已經第三代了。我在《辭源》中看到「昕」是黑夜要天亮剛出現的微光，你的出生象徵我們家一個光明和希望的時刻來臨。

你爸和你媽結婚時爺爺過世不久，他們帶我去美國大峽谷玩。我們的遊覽車向大峽谷出發天是黑沉沉的，遊客一上車就睡覺了。我一覺醒來看見遠處有點微弱的光，那一點光慢慢散開，我先看到一塊紅土地，再看到紅土地上矮矮的樹木。那光漸漸清晰、擴散、上升，然而天空仍是黑沉沉的。我從未看過如此神奇的景象，想喊醒車上熟睡的人：

「快來看呀！不是天亮了，是地亮了。」

爺爺去世後我以爲我的心不會再爲外界的事物所動，看到那神奇的光照耀在紅土地上，覺得看見了新天新地，心中歡悅不已。

你媽問我「家昕」二字什麼意思，我說「方家的小光光」。你爸乳名叫阿光，他說叫光都沒亮，小光光有什麼用！你爸和爺爺是男人，他們對這個世界有男人的野心。你是女孩，乖巧、聽話就會讓人喜歡、安慰。

你小時候白白胖胖，有一雙像你媽一樣美麗的大眼睛，不管看到誰都笑咪咪。看到你的人都說，這個小白肉眞想咬一口。

我的房間和你爸媽的房間隔了個大客廳，有時你半夜把我哭醒了，你爸媽仍然睡得很香甜。我悄悄把你抱到我房裡，給你喝水、換尿片，輕輕對你唱：「睡吧！睡吧！親愛的小寶貝。」你很快又在我懷中睡著了。

我清晨上班早，出門前把你放回搖籃裡，你爸和你媽一點也不知道，昨晚我們祖孫二人有一個美妙的互動。

你的成長給了我許多含貽弄孫的快樂，你會坐之後我把你抱在膝上，拉著你的兩手念兒歌：

「扯鋸、拉鋸，拉到外婆槐樹。
槐樹下有台戲，請乖孫來看戲。
沒有什麼好吃的，牛肉包子夾狗屁！」

你喜歡這個遊戲，一坐到我腿上就把兩隻小手伸給我。你牙牙學語以後，我覺得「狗屁」二字不宜小孩學習，改爲「牛肉包子夾昕昕」。等你會說話了，有天突然對我說：「不對！不對！」我嚇了一跳，以爲你忽然記起最初我教你的那個不雅字眼。誰知你說：「牛肉包子夾奶奶。」我們倆笑成一團。

你四歲時你爸媽因爲工作搬到桃園，每次你們回來看我，你一聽說要走了，美麗的大眼睛裡立即湧出淚水。和奶奶說再見的時候泣不成聲，讓我也掉下淚來。你這一點很像我小時候，對老宅、故人總是依依不捨。

芳慈姊姊要學鋼琴，我希望你一起學習。你媽說你太小，不知道對彈琴有沒有興趣，我告訴她有沒有興趣學了才知道。

因為聽話肯練琴，你的鋼琴彈得比芳慈姊姊好。現在你已經有模有樣坐在鋼琴前彈〈給愛麗絲〉了。我不知道你長大了能否成為一個鋼琴演奏家，你媽說只要你能陪奶奶上教會，給大家彈詩歌就好了。

親愛的小昕昕，過了暑假你就要上小學了，奶奶希望你讀書也能像彈琴一樣有好成績。

文賦

你出生不久，你爸媽就開了一家室內裝潢店。他們每天忙進忙出，把你交給一個叫南法的菲律賓阿姨照顧。

南法阿姨和你媽同年，在菲律賓做過女祕書，是你家請的菲律賓阿姨學歷最高的一位。她剛來時對你媽說：

「我不會煮飯，可不可以只照顧弟弟！」

你媽聽了說：「哇咧！」這是她的口頭禪，就是「完蛋了」的意思。

其實南法不只是不會煮飯，也不會照顧小孩，她有個十一歲的女兒是她母親帶大的。你剛出生肚子脹氣喝不下牛奶，每天看到南法把一瓶牛奶放進冰箱又拿出來，那瓶牛奶不停拿進拿出，你總是喝不完。

你媽看到這情形心裡著急，怕你不喝牛奶營養不良，要南法把你什麼時候喝多少牛奶記下來。於是餵奶、記帳，就成了南法每天工作的重點。

南法雖然不會做飯、照顧小孩，她很會唱歌、跳舞、畫畫。她哄你入睡時唱〈搖籃曲〉、〈聖母頌〉，聽了讓人感動，我覺得她一天比一天愛你。

南法是個很特別的菲律賓女子，個子不高、短頭髮，一副很有個性的樣子。她在台灣沒有朋友，沒有人打電話來找她，她也不打電話給別人。星期假日她不去中山北路她們同胞都去的那家天主堂，她到你家附近的聖家堂做禮拜。做完禮拜她一個人逛百貨公司，然後找一家氣氛優雅的小店吃簡餐，聽音樂、喝咖啡。

你快兩歲的時候，南法的母親寫信來叫她回去，說她的女兒小學畢業要升中學了，長大的女兒應該有媽媽在身邊。她決定回去之後瘦了許多，流著眼淚對我說，她喜歡台北，台北有弟弟。她女兒跟她母親長大，只喜歡巧克力，不喜歡她這個媽媽。

南法回菲律賓之後，常打電話來問弟弟好不好，要你媽寄你的相片給她。後來又來了一個蜜拉阿姨照顧你，她以前在菲律賓做美容工作，身材高䠷，留長頭髮，每天都把自己打扮得美美的。但是你哭著要南法，像以前拒絕喝牛奶一樣拒絕她。

你爸媽太忙了，發現你適應不良久久不肯接受蜜拉時，你已經快三歲了。許多三歲小孩能說會道，你還不太會講話。有時你媽忙起來，你好幾天見不到她，有天清晨你們母子見了面，你很驚喜說了一句很長的話：

「媽媽你回來啦！」

你媽說其實她每天都回家，只是晚上回來太晚你睡著了，早晨出門太早你還在睡覺，所以你們一直碰不到面。你媽感覺很慚愧，決定送你上幼稚園，讓你多接觸一些人。有天我去接你，碰到你們園長，我告訴她你的情形。她說：

「婆婆不擔心，現在的家庭結構是這個樣子，很多小朋友都這樣，長大就好了。」

這樣的家庭結構、這樣的大環境與這樣的教育下，你們是全新的一代。我怎麼能聽了她的話就放心呢！我常去你家，甚至住在那裡，給你講故事、教你唱兒歌。

一二三四五，上山打老虎；

老虎打不到，打隻小松鼠。

這樣簡單有趣的兒歌，你許久都學不會，看你懵懂不知學習，我心裡眞是著急。你五歲時心智忽然開了，不僅會說「一二三四五，上山打老虎……」，還會把我教芳慈姊姊白居易的「慈烏失其母，呀呀吐哀音」從頭背到尾。幼稚園老師更是驚喜地發現，你會用英文和外國老師講話。

我在書上看到王陽明先生六歲才會講話，一會講話就什麼事都知道。親愛的小文賦，婆婆不知你是否像王陽明一樣大器晚成，婆婆希望你有一個快樂的童年和人生。

——二〇〇三年九月

父親的上上籤

我結婚前三年父親突然去世。那時我二十三、四歲，身高一七二公分，留長髮，許多人看見我都說我長得有點像《倩女幽魂》的王祖賢。

我從事室內裝潢工作，接觸的設計師都有些藝術家氣質，他們對我很照顧，那時我是多麼幸福！怎麼也沒有想到父親會突然去世，當然也沒有想到結婚生兒育女。

父親過世之後，母親開始憂掛我的婚事，時常提醒我女大當嫁，一個女孩子要趁著青春好年華找個好夫婿。父親去世三年後我同丈夫結婚，他長我兩歲，是一個喜歡讀書、溫和有禮的青年。

我們住在公婆爲我們買的房子裡，牆上掛了許多名人字畫。丈夫常請同事、同學來家中吃飯、聊天。他喜歡坐在我身邊，聽我與他的朋友們說話，不時伸出手來摸一摸我的長髮。

結婚第二年芳慈出生，是一個全身紅通通的小女孩。母親說小孩子生下來紅，長大會變白。然而芳慈一天天長大，紅通通的小臉和身體越來越黑，一點也沒有變白的樣子。

我心想黑一點沒關係，只要是健康、聰明的寶寶就好了。我以爲健康、聰明的小孩讀書學習比較容易，會有一個快樂的童年；怎知一個聰明的孩子是那樣敏感、不好應付。

母親說我十一個月大，到了晚上認生，除了母親不要別人。芳慈四個多月就開始了，她一夜醒好幾次。除了我什麼人也不要。我如果狠心不管她，她就啼哭不止。

我被她累得筋疲力盡，有天去拜訪一位許久未見的設計師，他看見我把原先的長髮剪得短短的，一臉驚訝！

在他眼中我看到自己的憔悴和狼狽，不好意思地說：「我最近當了媽媽。」

隨著時日，芳慈一天天長大，越來越讓人確定她是個聰明的孩子。十個月牙牙學語，十一個月搖搖擺擺地走路。大家看到她，都喜歡問我她咿咿呀呀在說些什麼。我說：

「她說她不要告訴你寶藏在哪裡。」

然而一個聰明孩子的快樂童年是那樣短暫。芳慈一歲多就知道媽媽對她比較溫柔、有耐心；爸爸對她比較粗魯、不瞭解，她不但在夜晚不要爸爸，在白天也不要爸爸了。

丈夫開始責怪我寵壞了芳慈，原本我考慮辭職回家當全職媽媽，竟然很不智地又懷了孕。去看替芳慈接生的婦產科醫生，他說我這個時候懷第二胎不是適當時機，因爲小貝貝出生時芳慈兩歲半，正是最難纏的年紀。兩歲半的小孩有點懂事，又有點不懂事，她還不明白當了姊姊，她會妒忌、敵視小貝貝。

聽了醫生的話我傻在那裡，他拍拍我的肩說：「不要緊張，這是專家統計，也許你例外。」

專家的話是錯不了的，不然怎麼叫專家呢！九個月後我給芳慈生了個弟弟。弟弟躺在搖籃裡的時候還好，等到弟弟會玩玩具，她會用尖銳的聲音說：「我的！」然後把玩具從弟弟手中搶走。我說借弟弟玩一玩，她會用更加尖銳的聲音說：「不要。」

丈夫一向聽信專家之言，他還買了一本《難纏的兩歲半》要我看。如今他不懂咬定我寵壞了芳慈，還說芳慈這種行爲是缺乏愛心。更糟的是一轉眼弟弟就到了兩歲，有其姊必有其弟，他先學會同姊姊搶玩具、搶媽媽，再學會用尖銳的聲音說「我的」和「我不要」。

公公見我們工作忙碌疏於教導小孩，好心拿出一筆錢來，讓我們在家附近開個裝潢店，多一點時間同兩個孩子在一起。

我是沒有野心的人，被兩個孩子磨得疲憊不堪，哪有心情再去創辦一個新事業。但是丈夫對公公的提議頗爲興奮，躍躍欲試，他說即使是朋友也不會不幫他的忙，何況是夫妻。

我還能說什麼呢！每天在兩個小孩哭喊媽媽聲中逃出門，茫然走到店裡。室內裝潢是一個很奇特的行業，常常兩三個月沒有什麼生意，突然又莫名其妙好起來。以前沒當老闆，不必擔心盈虧，如今三天沒有生意上門就忐忑不安。

我同幾個年紀相仿、情況類似的朋友談過，她們有的在家人協助下慢慢度過難關，有的患了憂鬱症，需要時常吃藥看醫生。我不知道我是否該去看醫生，我極為思念父親和童年，當我對母親說：「好久沒有給爸爸上墳了，我們去給爸爸上墳吧！」眼淚就流了下來。

父親的墳在六張犁山上，八坪大，兩邊種了松樹和父親最喜愛的桂花樹，枝葉青翠茂盛，走進墓園聞到一股濃濃的桂花香。芳慈第一次來給父親上墳，對父親小小的墳園充滿好奇。我對她說：「公公最喜歡桂花。」往事都一一回來了。

我像芳慈這樣大的時候，父親常常帶我們去爬指南宮。那時弟弟還沒有出生，家中只有父親、母親、哥哥和我四個人。父親先到指南宮抽一個籤，然後帶我們去後山。後山轉彎處有一棵桂花樹，父親看到了如同看到老朋友一般，告訴我們以前在大陸老家，家家戶戶都有桂花樹，到了八月滿院飄香，好聞極了。父親說完採一些桂花放在手中，開始念他抽到的上上籤。我長大之後聽母親說：

「你爸爸抽到的永遠是上上籤，因為他把抽到的中下籤統統丟掉了。」

父親是個很特別的人，母親說他只有在追求母親的時候，才去當時最熱鬧的西門町看電影、吃館子；同母親結婚以後，他就不肯再去那裡擠熱鬧了。母親喜歡西門町不喜歡爬山，後山的小路沒有鋪水泥，凹凸不平，她會抱怨腳痛腿痠走不動。父親調侃她說：

「你假設有隻大老虎在你後面，不趕快走就被牠吃掉了。」

母親說：「你把自己的快樂建築在別人的痛苦上，還好意思沾沾自喜。」

父親不講話牽著我同哥哥的手，哼著小曲向前走。他在鄉間長大，喜歡大自然，遇到烈日和小雨他會採兩片野芋葉，用竹棒做成帽子戴在我們頭上。他也很喜歡野薑花，看見野薑花就去採。母親阻止他，說毒蛇也喜歡野薑花，被毒蛇咬了怎麼辦！

父親聽到母親的話，又開始調侃她：「你沒有聽過『打草驚蛇』這句成語嗎？採野薑花之前，拿根棍子在花叢裡打幾下，毒蛇、毒蟲都嚇跑了。」

後山深處有一條清澈的小溪，我們走到那裡會停下來休息。父親要我們坐在溪邊的石頭上，脫掉鞋子把腳浸在水中，讓溪水潺潺從我們腳上流過。他問我們：

「舒不舒服呀？」

我們說：「好舒服。」

他說：「這就叫通體舒暢。」

母親也喜歡這種通體舒暢的感覺，她坐在石頭上用腳拍打著水面，濺起許多水花，她對父親說：

「下次帶照相機來，在這裡照幾張相。」

有次有隻彩色豔麗的小螃蟹從石縫中爬出來，父親翻開石頭，下面有好幾隻小螃蟹爬動。父親找來一個玻璃瓶，把小螃蟹抓到瓶子裡要帶回家養。母親不肯，說太漂亮的東西有毒，她問父親：

「你看過這麼漂亮的小螃蟹嗎？」

父親說沒有，母親用堅定的語氣對他說：「立刻把這些螃蟹放掉。」

父親看看瓶中的小螃蟹，又看看我們，他說：「這次也許你們媽媽是對的。」把小螃蟹倒在水中。

我和哥哥很失望，太漂亮的東西有毒，我們那個年紀是無法理解的。

父親喜歡帶我們到山野，母親喜歡帶我們去市區。她常在父親上班之後，帶我們去東方書局的二樓買故事書，還有智力測驗，然後到新公園對面的牛肉大王吃午飯。吃完飯不立刻回家，帶我們去新公園，她坐在樹下看書，讓我和哥哥在她眼前的草地上玩耍。

母親告訴我們不可以攀摘花木，也不可以大聲叫嚷。如果我們不聽話別人罵我們，不可以向她求救、喊她媽媽；因爲不守規矩的小孩，沒有家教、讓父母很丟臉。

母親偶爾拿到稿費，會請我和哥哥去館前街中國飯店八樓吃西餐。這時她的心情特別愉快，側著頭問我們：「請你們去中國飯店吃西餐，好嗎？」

「哇！」我和哥哥拍手歡呼，母親同我們約法三章：「你們要很乖、很聽話才行。」

我們點頭說好，她說：「君子一言，駟馬難追，答應了就要做到喲！」然後帶我們快快樂樂出門。

去中國飯店八樓吃西餐，是我童年一個快樂的回憶。從一樓坐電梯「咻」一下到了八樓，那裡桌布潔白、座位寬敞，輕輕播放著古典音樂。彷彿幼稚園裡一首兒歌，告訴大家：「走路輕、說話輕、放下椅子也要輕，不要老師告訴我，自己也會輕。」

我和哥哥看到大人吃飯細嚼慢嚥，講話輕聲細語，也不敢隨便放肆。長大之後許多人說我教養良好，我覺得都是小時候，母親帶我們去中國飯店八樓吃西餐學來的。

母親愛看電影，我和哥哥跟她看了許多世界名片，印象最深的一次，是她帶我們去公館東南亞戲院看《小婦人》。那天下著雨，走到半路碰到父親回來，他說：

「下雨，今天不要去，明天再去吧！」

母親說：「不行，今天是最後一天。」

父親說：「這部片子我們以前不是看過了嗎？」

母親說：「我要帶小孩再看一次。」

我記得《小婦人》劇終，瑪格麗特飾演的那個最善良、可愛的小妹妹，因爲同母親去幫助窮人，傳染猩紅熱去世了。黃葉從樹上飄下來，落在她的墓上，讓人感到悵然、淒涼。

後來母親生了弟弟，接著台灣經濟起飛，家家戶戶都有了電視，母親不再帶我們去看電影，我們也不再跟父親去爬山。星期假日我們還在睡懶覺的時候，父親一個人去爬山；不過不是我們以前常去的指南宮，而是離我們家較近、新建的樟山寺，他回來的時候會順便買菜和早餐。

哥哥上中學之後，長得很高大，他穿小的藍色學生短褲，父親撿來穿。以前父親在指南宮抽籤，現在改去樟山寺，大家一起吃早飯的時候，他會興致勃勃念他抽到的上上籤，母親抬起頭來和我們相視而笑。

父親一生不得志，因爲從小聽他念他抽到的上上籤，我心中有個意念，這個世界上應該有一支上上籤，是屬於父親和我們家的。即使父親突然病逝之後，這個意念仍然篤定不變。

不知道沉湎在往事中多久，我聽到母親問芳慈：

「公公像不像大舅舅和小舅舅？」

她說：「不像。」

母親又問：「像不像媽媽？」

她仍然說：「不像。」

母親見父親在芳慈眼中完全是個陌生人，試圖介紹父親，她說：「公公是一個很了不起的人喲！」

聽到自己的話，母親笑了。父親一生不得志，沒有一個頭銜，怎麼能算是一個了不起的人呢！母親想了想說：「婆婆住的房子是公公買的。」

說完母親笑起來，她望著我問：「買一幢房子也算了不起嗎？」

我用堅定的語氣說：「當然。」然後告訴芳慈：「公公很辛苦買了一幢房子，讓大舅舅、小舅舅和媽媽在那裡快樂地長大。」

芳慈走到墓碑前面，望著父親的相片，想仔細看一看婆婆和媽媽口中「了不起的人」。

淚水在我眼中滾動，我側過頭去，彷彿看到父親穿著哥哥不要的藍色短褲和一件舊汗衫爬山回來。看到我們驚喜地說：

「你們也來爬山了！這個小女孩是誰呀？」

——二〇〇〇年七月

輯二

有首歌，瑪琍和約翰沒有聽過

奶奶牽著我長大

我從小和父母分別，跟奶奶在河南老家長大。奶奶三十歲守寡，雖然有一大筆家產與許多傭人，她的日子應該是很淒涼的。

奶奶常告訴我，爺爺過世的時候我父親才八歲，叔叔是爺爺過世兩個星期之後生的。我一個伯父和一個姑母，在爺爺過世不久也相繼去世。她說：

「那個時候我連哭的本事都沒有了。」

那個時候有錢的人很多抽鴉片煙。奶奶在月子裡哭昏過幾次，都是用鴉片煙噴醒的。曾祖父望著奶奶虛弱的身體，常搖頭說奶奶活不過三十。因爲可憐我父親和叔叔年幼喪父，希望奶奶能多活幾天，並且活得振作一點，不惜鼓勵奶奶抽鴉片，奶奶就成了我家唯一會抽鴉片煙的人。

我記事之後，奶奶大半的時間是躺在床上面對一盞油燈，那小小的油燈外面罩著一個玻璃罩子。替奶奶燒煙的老姨躺在她對面，奶奶抽一口煙，拇指大的燈芯就跳動一下，再加上煙霧裊裊與鴉片煙的清香，奶奶的鴉片燈在我童稚的心中充滿了神祕與溫馨。奶奶抽鴉片煙的時候，我會站在她床前癡癡看著，據說鴉片煙即使不抽，聞久了也會上癮。長大以後我的性格有些癡愚，家裡的人都說與我從小聞多了鴉片煙有關。

奶奶過足癮後，會把我抱在膝上，教我念古話：

「天靈靈，地靈靈，一把鎖，鎖住小頑童。頑童是棵松柏樹，春夏長青一百年。」

這種古老、樸素的愛，用我們家鄉話念出來，更加感人。人們是多麼冀望天長地久，但是，有許多東西是鎖不住的。我伯父和姑母在世的時候，奶奶一定也曾把他們抱在膝上，教他們念這個古話吧！然而，卻沒有鎖住他們。

我常問奶奶，年幼的伯父和姑母是怎麼死的。奶奶都是平平靜靜告訴我，我二爺給我伯父吃了一個李子，伯父就得了緊口痢，又傳給我姑母；兄妹兩個病了不多久，就相繼去世了。奶奶說完，像教我念古話一般念著：

「桃養人，杏傷人，李子園裡抬死人。」

因爲沒有玩伴，奶奶口中早逝的伯父和姑母就成了我的朋友，爲了紀念他們，我決心不吃李子和杏子。紅豔豔的李子，因爲顏色太強烈，我看到了尙能拒絕。但是，香味四溢、吹彈欲破，溫柔的黃色杏子，我不吃完全是一種犧牲。我後來發現童年沒有玩伴的寂寞，使我無法抗拒一切溫柔的東西。我至今仍能保持對人對事的某些情操，都是因爲我童年寂寞的緣故。

我再大一點，奶奶常在午睡之後帶我出去散步。她牽著我的手，一路走，一路教我念：

「我打人還，自打幾下。我罵人還，還口自罵。」

「你待我一尺，我待你一丈；你待我一丈，我待你天上。」

「人長天也長，讓他一步有何妨！」

我那時候不懂這些古話的意思，聽久了只覺得心胸越來越寬大，天地都在其中了。長大之後，友誼一直是我一大慰藉和幫助，我不知道我的朋友是如何忍讓我的一些缺點，有朋友令我傷心的時候，我告訴自己：這個人不可愛了，這段友誼還是可愛的；即使這段友誼也不可愛了，我仍是可愛的，因爲我始終如一。

抗戰勝利那年我八歲，奶奶決心戒鴉片。她身體一直不好，不抽鴉片之後，躺在床上好些天滴水不進。老姨用鴉片煙噴她，她也不張眼睛。經過一場生死搏鬥，奶奶終於把鴉片煙戒了。

後來我們到南京去，聽許多親友稱讚奶奶，說多少好男人都沒有她這種魄力，抽了二十多年的鴉片煙竟然毅然決然地斷了！

我因童年寂寞，重情感、性格軟弱，許多事不到死地不知回頭。但是，回頭之後，那些困擾我的人與事，就從我生命中永遠消失了。

很多人都說我從小跟奶奶長大，被奶奶寵壞了；很少人看出我軟弱性格中的那點剛毅與瀟灑，是得自奶奶的教化。當一些事在我身上逢凶化吉，大家都說我是傻人有傻福，只有我自己明白，去世十多年的奶奶，在我身上活了出來。

——一九八五年七月

流浪的人歸來

民國二十六年七七盧溝橋事變，我八個多月大。關於嬰兒的成長，我們家鄉有句話：「七坐、八爬、九長牙，十個月的孩子喊媽媽。」半歲以前的孩子躺在搖籃中，到七個月會坐、八個月會爬，九個月長出牙齒、知道飯香；十個月喃喃學語，開始喊媽媽了。多麼令人喜悅的生之圖畫！然而，就在我長到八個月，會坐、會爬，最最讓人喜愛的時候，日本鬼子到我們家鄉河南來了。

我祖母說日本鬼子攻進縣城的時候，怕他們殺人放火，我們和許多人躲在一個地洞裡。有些嬰兒在空氣窒悶的洞裡久了受不了，不停啼哭，大家害怕被鬼子聽到了全都沒命，把嬰兒從母親懷裡奪過去，包在小包被中，坐在屁股下面活活摀死了。

我沒有問爲什麼那個母親不保護她的小孩，在敵人統治下長大，我從小就知道我們的生命財產都不是我們的。我們家很大，被日本鬼子佔領做爲「日本皇軍新民會」，每次大人帶我從那裡經過，我都含淚低頭，不僅不敢問爲什麼日本人要佔領我們的房子，還怕被站在門口、槍上插著刺刀的日本兵知道我是這一家的孩子。

我祖母說，寧爲太平犬，不做亂世人。太平年間有錢的人可以享受榮華富貴，在亂世沒有政府和法律保護，日本鬼子與漢奸走狗隨時要我們繳兵差糧錢及大戶捐。

我們的房子被日本鬼子佔領了，田地沒人耕種荒蕪了。沒有錢繳納大戶捐和兵差糧錢，我祖母只有埋名隱姓，帶著我四處躲藏。

我祖母說我是一個很乖的孩子，不同陌生人講話，不給大人惹麻煩。即使在我只有八個多月的時候，躲在地洞裡張大了眼睛，也不哭鬧。

八個多月大在地洞裡躲日本鬼子的情景，我當然沒有記憶。然而，聽我祖母說多了，那個景象在我腦海中越來越鮮明，我感覺我是記得的。在我習慣沉默的童年裡，常沉思冥想，一個八個多月大的嬰孩，張大驚恐的眼睛，目睹另一嬰孩包在小包被中活活摀死了。淚水從我眼裡緩緩流出，我看到我的魂魄在尖叫、戰慄。

在戰爭中長大的孩子，沒有玩具和故事書，陪伴我成長的是一個又一個悲慘、眞實的故事。

我有一個伯父，日本鬼子進城之前不在家鄉，他回來的時候母親和妻子都在戰亂中死去了。我祖母說他原本是一個很體面的人，因爲母親和妻子亡故，他不理髮也不理人，常常拿著三弦琴，咿咿呀呀彈奏著一首抗日歌曲〈流浪的人歸來〉。

這首歌的調子很淒涼，訴說中國人在戰亂中家破人亡不幸的遭遇。害怕鬼子聽到了說是抗日分子，大家不唱歌，但有時忍不住會彈這首歌的曲子。我聽人唱過幾次，依稀記得歌詞，聽人彈奏會情不自禁跟著哼唱：

流浪的人歸來，惆悵復兮兮，活潑潑的兄妹呀！從此難見你。犬兒猶念主人，可嘆今非昔，可嘆今非昔。

流浪的人歸來，城池變成灰燼。爸爸臨死的遺囑，深深記在心裡；媽媽死得慘悽，分明非夢裡，分明非夢裡。

流浪的人歸來，爸媽都已死去；身上穿的行時衣，常留父母意。今日回來沒人理，我的爸爸呢？我的媽媽呢？

流浪的人歸來，疑心這是夢裡；歡樂變成淒涼，淒涼沒人理。這是淪陷區域，我無家可歸，我無家可歸。

每次唱到：「流浪的人歸來，爸媽都已死去；身上穿的行時衣，常留父母意。今日回來沒人理，我的爸爸呢？我的媽媽呢？」我都流淚不止。

後來我那個伯父不見了，不知道是他自己離開了家鄉，還是常常彈奏抗日歌曲，被鬼子抓去了。

我在戰亂中漸漸長大。因爲逃日本鬼子常常搬家，我幼小飽受驚恐的心靈，懂事之後又加上別離的苦痛。剛在一個地方住熟，聽到我祖母說又要搬家了，我幼小的心靈就會縮成一團。經驗告訴我，離開了這個地方，我們就不會再回來了，與這裡的人和一切永遠隔絕了。

我們從一個地方搬到另一個地方，原來沉默的我更加沉默。我拒絕成長，拒絕接受一切新的人事物。幾乎夜夜我都在睡夢中看到我幼小的魂魄，飛呀！飛呀！異常吃力地飛行著。我企圖飛回舊居，看一看我熟識的人。

我長大之後，一直沒有走出這個夢魘，時時擔心親人和故舊會突然從我的生命中消失。

一個經過戰亂的人，那種生命財產都不是自己的感覺，在戰事結束之後仍牢牢記在心中。因此，我離一切的繁華都遠遠的，更無視於日本戰後的物質文明。兒女幼小的時候，賣日本貨的三商在台灣剛剛成立，孩子們看到精巧可愛的日本產品，愛不釋手。我告訴他們我童年遭遇，唱〈流浪的人歸來〉給他們聽，要他們知道即使現在我已成家，有丈夫兒女，因爲不幸的童年，我的心一直是流浪的。

不知我講的話他們聽懂了多少，當我唱到「流浪的人歸來，爸媽都已死去……今日回來沒人理，我的爸爸呢？我的媽媽呢？」，他們也泣不成聲。他們很自然跟著爸爸媽媽拒買日貨，不爲日本造的星星王子和月亮公主鉛筆盒、文具動心。

兒子長大之後，在一家航空公司任職，我每年有一張免費機票到世界各地旅遊。很多遙遠的國家我都去了，卻跳過鄰近的日本。多次有朋友約我去日本看雪和櫻花，一想到八年抗戰與我的童年，我就無法像許多人那樣瀟灑地讓歷史歸歷史。

五十多年過去，我這個經過八年抗戰的孩子垂垂老矣！仇日的情緒早沒有年輕時那樣強烈。然而，想到這個國家帶給中國人那麼多的苦難，站在人道立場，我對這個國家感到鄙視。這個國家的繁榮和好風景，我就不想去看了。

——一九九七年七月

童年往事

好的開始是成功的一半，我的啓蒙教育一開始就糟糕透了。

我第一次上小學年歲很小，剛拿到書本，老師還沒有教兩課書，城裡就來了軍隊。不是政府的國軍，不知是哪裡來的雜牌軍，弄得全城人心惶惶，我祖母就不叫我再去上學了。

後來日本人又來了，逃難中，我非常懷念那一段上學的日子。老師教我們讀：「雞會生蛋，狗會看家。」書上有兩幅圖畫：雞從雪地上走過，留下許多竹印；狗從雪地上走過，留下許多梅花。雞和狗都畫得胖嘟嘟，可愛極了。

軍隊沒有來我們家鄉之前，我的童年是很快樂的，不知道什麼是害怕和恐懼。我喜歡上學，喜歡聽和我年紀相仿的孩童琅琅的讀書聲。

我第二次上學已經懂事了，知道恐懼和害怕。那個小學是小型女子學校，只有一年級和二年級。一年級的學生和我差不多年紀，二年級的大姊姊梳兩條辮子，有的已經十七、八歲，到了可以出嫁的年齡。

小學是一個師長夫人辦的，門口站了兩個拿著槍的兵。我祖母第一次帶我去上學，我就害怕極了。

我是開了學才進去的，小椅子沒有了，我坐了一張老師坐的大椅子，顯得與眾不同。我的位子又在中間，同學們進進出出很不方便。我隱隱感到大家因爲不喜歡那張大椅子，也不喜歡我。

在一群不喜歡自己的陌生人中，我感覺如坐針氈，無心聽老師講課，眼睛不時望著窗外，看我祖母還在不在。

一下課我就趕快跑到祖母身邊，牽著她的手。她要我去和同學玩，我搖頭不肯。慢慢我感到祖母也有些不喜歡我了。

有一天，老師在黑板上畫了一個房屋，發給每個小朋友一張圖畫紙，要我們照著畫。我第一次看到白白厚厚的圖畫紙，十分喜歡，沒想到老師突然說：

「大家用心畫，畫不好，放學以後不准回家。」

我聽了很害怕，看看黑板，心裡想這麼大的房子，我怎麼能畫在一張小小的圖畫紙上呢？

老師下了講台，在課堂上來回走著，我怕她問我爲什麼不畫，很吃力地拿筆在圖畫紙上擦擦畫畫。一張潔白的圖畫紙，沒一會兒工夫就變成了灰色。我極爲恐懼地想，今天老師一定不准我回家了。我向教室外面望去，沒有看到祖母，我嚇得幾乎要哭出來。

好不容易等到下課，我四處尋找都沒有看到我祖母，卻意外發現學校後門沒有上鎖，也沒有人看守，我悄悄打開門溜了出去。

平常都是祖母送我上學，一直陪到放學帶我回家。從學校回家的路我從來沒有單獨走過，我一面跑，一面哭喊著：

「奶奶！奶奶！」

經過一條街又一條街，我一刻也不敢停留，害怕學校的老師追上來把我抓回去。跑到家裡，我已經上氣不接下氣，倒在祖母懷裡乾嚎幾聲就睡著了。第二天醒來祖母沒有再送我去上學，她說都是她把我寵壞了，等我長大一點再去上學吧！不然兵荒馬亂，我逃學在路上遇到壞人更糟糕。

我一直沒有向祖母說明那次逃學的詳情原委，長大之後也沒有向人提起這件事。但是，那次逃學帶給我一個很大的後果，我一生不會畫圖，一看到圖畫紙我的手腕就沉重無力，彷佛習武的人被廢了手臂一樣。

抗戰期間，我們家鄉是三不管地區，不僅日本人，有槍桿的就可以來佔領。我的學業因此一再中斷，注定了我這一生許多事情半途而廢，一事無成。

童年往事有些人長大之後忘記了，有些人沒有。那些沒有忘記的人，隨著年月的增長，不斷把它放大；最後在心中存藏不下了，想要說出來，這就是我走上寫作之路的原因。

——一九九九年九月

有首歌，瑪琍和約翰沒有聽過

我和丈夫都是八年抗戰前出生的，七七盧溝橋事變的時候，他十歲，我一歲未滿。

丈夫說抗戰的時候他聽到人家說：「一寸山河一寸血，十萬青年十萬軍。」還是一個童子，立即熱淚盈眶。

後來上了中學，有位在南京讀金陵大學的堂兄回來，教他們唱〈三民主義青年進行曲〉：

「烽火漫天，血腥遍野，中華民族遭受著空前的浩劫。我們在苦難中長成，我們在大時代的洪爐裡鍛鍊……」

丈夫說他和同村幾個十多歲的男孩，跟他堂哥學會了這首歌，決定從軍救國。有一天天不亮他們背著行李，偷偷離家到了車站，結果車子沒有等來，等來了一群家長，連哄帶罵把他們押了回去。

回去之後家長就把他們關了起來，那個學期不許他們去上學。丈夫說：

「全中國人都在抗日，我父親卻要我好好讀書，對我說好男不當兵，好鐵不打釘，我感到眞是羞恥！」

丈夫的老家安徽抗戰的時候不曾淪陷，我們老家河南不幸落在日本人手中。我家後面和城牆之間有一片草地，日本鬼子在那裡挖了濠溝，做爲殺害我們中國人的刑場。

日本鬼子殺害中國人不用子彈，而是一把鋼刀、一壺滾水。劊子手命令受刑人跪在濠溝邊，用滾水沖洗鋼刀，然後把受刑人的頭砍下，死者的頭與身體就一起滾落濠溝裡。

那時我沒有看過國旗，也沒有聽過國歌，敵人的殘暴使我自幼就知道：

「我是中國人，我愛中國。」

有年夏天極爲炎熱，每天萬里晴空，沒有一點下雨的意思，田裡很多農作物都枯焦了。我們後面那塊草地卻異常青綠，開了許多耀眼的小黃花。大家看見了，黯然地想，這塊地上不知流了多少我們中國人的血！

有天深夜仍然十分悶熱，許多人都到院子裡乘涼。不知從哪一條街開始的，全城的人都突然狂叫起來。

我睡夢中驚醒，坐在我乳母的懷中不敢出聲，那像野獸一般的狂叫，在黑夜裡顯得異常恐怖。我乳母沒有跟大家一起狂叫，她對我說：「不要怕。」她抱著我的手臂卻不住顫抖。

第二天我聽說夜深之後，在院子裡乘涼的人，睡意朦朧中看到許多青年，排著整齊的隊伍，唱著：「烽火漫天，血腥遍野，中華民族遭受著空前的浩劫……」穿過我們後面的青草地，向城牆邊走去。

我還聽說那晚有兩個日本巡邏兵被殺，後來日本鬼子下令全城戒嚴，捉拿兇手，一連好些天家人都不准我出門。

三十八年大陸易手，到台灣之後和來自大江南北的同學，一起述說日本人的暴行，一起唱〈三民主義青年進行曲〉，唱到：「我們是三民主義的青年，民族的中堅，看準敵人，握緊鐵拳，踏著先烈的血跡，完成救國大業……」心裡充滿了感動。

後來太平艦被共軍擊沉，升旗的時候訓導主任報告了這個消息，高年級的男同學立即請纓報國，我和許多同學都簽名響應。如果不是年紀太小，我可能成爲第一屆政工幹校的學生。

那個時候的青年都有滿腔熱血，以愛國爲榮，男生要當林覺民，女生要做秋瑾。不僅我們的思想如此，我們的父母思想也大多如此。同學中有人名叫懷民，有人名叫慕瑾，還有許多人叫國強、國棟和國樑。

那個時候沒有瑪琍和約翰。

現在是瑪琍與約翰的時代，他們喜歡誇耀他們的地位和財富，他們以爲穿名牌衣服、戴名牌手錶、開名牌汽車，就有權大聲說話，別人就會羨慕他們。

我常不幸淪陷在瑪琍與約翰的陣營之中，他們的喧嚷使我要窒息的時候，彷彿看到一群排著整齊隊伍的青年，悲壯地唱著：

「烽火漫天，血腥遍野，中華民族遭受著空前的浩劫……」

帶我走向一片青草如茵的原野。

——一九九五年七月

尋人啓事

因爲戰爭的緣故，我讀書很遲，好大了才上小學二年級。

每次逃難到一個地方安定下來，家人送我去上學好像總是從二年級開始。然而，讀不到一年就又要逃離了，記憶中，我在大陸的童年彷彿老是讀二年級。

剛在一個地方住熟，有了朋友就要走了，這種聚散不定的生活使我童年落落寡歡。我可以成天坐在那裡不講話，反覆想著戰亂中失散的親人和玩伴。我以爲只要我不停地相思，將來我們就有相見之日。

逃難的路越走越遠，許多讓我思念的臉在我心中漸漸模糊了。勝利之後，我家遷到南京，我從收音機裡聽會了吳鶯鶯的〈斷腸紅〉，我唱：「陣陣的春風，吹開了相思夢；片片的甜蜜記憶，重回到我心中——」連嘴唇也不要動，就能唱出無限的哀愁。那時我才是一個不到十歲的孩子。在南京，我家住在靠近下關的薩家灣，父親工作的中央銀行就在樓下。那是一幢三層樓房，外形和信義路的國際學舍一模一樣。來台灣之後住在三張犁，每天上學坐車經過國際學舍，我都不敢看。

我們在南京住得最久，我終於讀完二年級，升上三年級去了。有一個和我同班的同學就住在我家附近，她叫趙鳳儀，她的父親是新選上的國大代表。我們兩個人每天一起上學，一起回家，在那個離亂的年代，一個寂寞的孩子有了自己的朋友，是一件多麼令人興奮的事！然而，炮聲又漸漸近了，徐蚌會戰一天天緊張，學校斷斷續續又開始停課。

我和趙鳳儀兩個人知道，我們要分別了。兩個十歲的孩子離別之際唯一能做的，就是教對方寫自己的名字。

我們兩個人名字的筆畫都很多，很難寫。在到了學校沒有課的日子，我們就用粉筆把自己的名字寫在黑板上，要對方練習。那時我們都不知道世界上有「勿忘我」這三個字。趙鳳儀告訴我，她父親說她的名字取自「有鳳來儀」。我也告訴她，我父親說我的名字來自《辭源》，卻沒有對我說是什麼意思。

那時我們小小心靈中充滿了一個希望：等我們長大之後，中國就會太平，我們要在報上登尋人啟事，尋找彼此。

我長大之後，一直沒有忘記十歲那年，在南京和趙鳳儀的約定。我開始寫作，即是希望若她在台灣，能看到我的名字，與我重聚。

誰拆了我家的房子

爸爸來信說老家的房子已經拆除，我看了很難過。如果在台灣，老家的房子會當古蹟保存下來。

寫到這裡，老家的一切都浮現在我眼前：小時候常聽奶奶講老家房子的歷史，她說這個九間頭、三進院、有轉花樓的房子，是乾隆年間蓋的。原是蓋給謝駙馬和皇姑回來省親住的。後來謝家中落，無力管理偌大的房子，老爺就買了下來。

奶奶口中的皇姑就是現代人講的公主。奶奶說謝駙馬家原本很窮，他出生的時候，有個做大官的滿洲人出京私訪，在我們家鄉遇到一場大雨，他站在謝駙馬家的屋簷下躲雨，謝駙馬就在這時候呱呱落地。他在門外心想：

「這個孩子命眞大！他出世要我在門外給他站崗。」

因爲這個巧合，大官認謝駙馬爲義子，後來把他接進京裡扶養。

謝駙馬長大以後被招爲駙馬，奶奶說老家房子是照著皇宮內苑的模式建造的。我們鄉下的佃戶進城來，會在我家歇腳，拜見老爺。回到鄉下向人誇口：

「進城看了老康宅家的轉花樓，等於進京看了皇宮。」

因爲鄉人的吹噓，方圓數十里都知道我們家有個轉花樓。其實所謂的轉花樓，只是ㄇ字型二層樓房，從一邊上去，可以從另一邊下來。因爲轉花樓上供有祖宗神位，不許閒雜人上去，就被傳說上面藏滿了金銀財寶。

叔叔的女兒小裕小的時候，一個人在房裡扮家家酒，一會兒裝爸爸、一會兒扮媽媽，彷彿有好多小朋友在房裡玩耍。奶奶說，我小時候也如此，都遺傳了老爺的自言自語。她年輕的時候去上房給老爺請安，聽到裡面有人講話，站在外面不敢進去。等了許久不見人出來，後來才知道老爺在房裡自己跟自己講話。

小女孩自言自語玩遊戲常見，掌權主事的老爺也如此，我聽了很驚訝！後來我生了老三阿來，也喜歡自言自語，很多次他父親聽他在講話，問他：「阿來，你說什麼？」他都說：「沒有。」讓人莞爾。

奶奶告訴我，爺爺叫康志仁、二爺叫康志信，沒有對我說過老爺的名字。就只知道他行六，因爲小時候常聽人說：「康老六的家產可以坐吃三代。」長大之後在老爺的一張相片後面，看到一行蠅頭小楷，寫著「光緒十八年康渭水攝於香港旅次」。

我在地理課本上讀過渭涇二水，知道渭水是清的、涇水是渾的。有一個叫渭水的老爺，心中頗爲感動，想到爺爺與二爺的名字，清白、仁慈、信實，大概是老爺對我們康氏子孫的期許吧！

奶奶說老爺從廣東做官回來組織同善社、辦義校，免費讓家鄉的子弟讀書，活到七十八歲去世。日本人來了，用我們家成立皇軍新民會，我們的家就不再是我們的。

日本人投降之後，帶走了我們家的一切，連房上的琉璃瓦、雕花門窗也拆走了。奶奶走到二進院腿就軟了，坐在院子裡放聲哭嚎：

「中國人造了什麼孽！遭這樣浩劫。」

日本人走後，老家只剩一個空殼子。但是老家仍在，我還可以幻想老爺在世時，我們康家興盛時期的種種。

後來共產黨來了，老家成爲第一所縣立中學。雖然我離老家已經很遙遠，但是想到家鄉的孩子們能在我們家受教育，心中就響起琅琅書聲，在最艱難困苦的時刻，我仍對人生抱著無限的希望。

一九八九年台灣開放回大陸探親，我去成都看爸爸，爸爸陪我回老家。臨街的房子拆了，變成水泥建的三層樓房，只剩下二進院和三進院。我走到二進院，心中就開始激動，有聲音說：

「我回來了！我居然回來了！」

我問陪伴我們前來的台辦司女士，如果我回來定居，老家是否能發還給我們。她說只要證明齊全，應該可以。

老家的房契早在日據時代就不見了，我看了看住在我們家中，跟在後面看熱鬧的人，希望有人證明這房子是我們的，但是我一個人也不認識。走到老爺住的上房，我問司女士：

「我可以進去看看嗎？」

還沒有等她回答，我掩面泣不成聲，這是我們家呀！我竟然要問人我可以不可以進去看一看。時空在我腦海裡一下子錯亂了，我彷彿聽到老爺在房裡喃喃自語，奶奶站在門外等著給他請安。

這時有一個青年說：「這位大娘很有情感。」

離家的時候我十歲不到，回來被稱爲大娘，人世的變化眞是太大了！

我問司女士：「現在你相信這房子是我家的吧！」

她點頭，默然不語。

離開老家四十多年，不知道是否還能回去定居。我心中有一個盤算，我要回去住一陣子，去走我童年曾經走過的路，去看望還記得我與奶奶的人。

如今爸爸來信說老家的房子全被拆除，我感到心中有盞燈忽然熄滅了，禁不住要問：「是誰拆了我家的房子！」

老家是一個流浪的人夢魂所繫之地啊！

——二〇〇〇年四月

沉靜的感覺

——懷念君石表舅

剛來台灣的時候我十三歲，因爲戰亂耽誤了學業，才上小學五年級。那時我不會ㄅㄆㄇㄈ、不會說國語，只會講又土、又拙的河南話。

我們河南人木訥、保守、不擅交朋友，到我們家來的人都是河南老鄉。他們見了面，互相對嘆：「在家千日好，出門半日難。」

戀家的河南人對於台灣的日子很不習慣，我聽到許多大人彷彿受了驚嚇的小孩一般說：

「奶呀！這一步跨到天邊了。」

意思是說媽呀！天呀！台灣距離河南像天邊一樣遙遠，我們怎麼回去啊！

我的外祖父王升庭先生是立法委員，保定二期畢業，來台灣以後就清楚知道，河南老家他是回不去了；我留在大陸上的母親、他最鍾愛的女兒，他這一生也見不到面了。因爲鬱鬱不樂，來台灣沒有多久，外祖父就病倒了。

我每天放學回家，都要坐在外祖父的床邊替他捶背。巷子裡的太陽還是白花花的，屋子裡已經漸漸陰暗了，我很羨慕那些在陽光下玩耍的小朋友，一面替外祖父捶背，一面默默地數數。當我從一數到一千的時候，我多麼希望外祖父會說：「你也出去玩玩吧！」

然而，外祖父好像想不到一個十三歲的孩子需要玩耍，他從不曾對我說過我想要聽的話。我只有坐在那裡一面為他捶背，一面一千、又一千地繼續數下去。

在這樣生活中，我最喜歡君石表舅帶著蒂華表舅媽來探望外祖父。那時表舅三十、表舅媽二十幾，是一對人人見了都稱讚的俊男美女。他們每次來一進巷子，鄰居們就會通報我們：「客人來啦！」

大家都說表舅像當時最紅的男明星黃河，表舅媽則像演《秋水伊人》聞名的龔秋霞，再加上他們一口京片子，大家看到他們，如同看到眞的電影明星一樣興奮。

表舅像我們河南人比較沉默，表舅媽活潑，她告訴我表舅喊我母親荷珠表姊。她說表舅膚白，我母親很喜歡表舅，叫他小洋孩。表舅從前來外祖父家，喜歡到我母親房裡，穿我母親的高跟鞋，「呱達！呱達！」到處跑。我母親看見了，笑著說：「小洋孩！小心摔跤。」

表舅媽說到這裡，笑盈盈望著我，「表舅常對我說：『那個時候高跟鞋多稀罕！荷珠表姊是我們河南最時髦的大小姐。』」

我母親並不漂亮，因爲外祖父家環境好，大陸易手之前，她一直是一個時髦的女子。聽表舅媽用鳥叫一般悅耳的京片子講我母親，想到她以前穿錦衣出門應酬的情形，眼角不覺溼了。

外祖父生病的時候，表舅和表舅媽來都不帶翟翬，外祖父過世之後，表舅和表舅媽來就會帶著翟翬一起。那時翟翬大約三、四歲，也捲著舌頭說京片子，讓人感到這一個小小孩很不平凡。

果然翟翬長大之後，三家電視台先後成立，看他有模有樣坐上主播台，向全國人播報新聞。我常情不自禁對人說：「翟翬是我表弟。」

我結婚以後住在木柵，離表舅家不遠，但是我見了長輩不會講話，很少去探望表舅和表舅媽。後來表舅搬到台北，我開始寫作，反而在文藝聚會中常常看見表舅。

有次紀念七七抗戰，表舅唱了一首愛國歌曲〈大刀向鬼子的頭上砍去〉，歌聲悠揚、宏亮，讓我看到表舅慷慨激昂的一面。

還有一次春節聯歡，表舅上台解釋我們河南人爲什麼不愛講話：

「我們河南人實在，不會花言巧語，珍惜沉靜的感覺。沒事話少，有事話也不多。」

接著他用河南話講了一個我們河南人的小故事：「從前廁所都不在屋裡，夜晚小便，必須開門出去。有一家兩兄弟，老二半夜開門出去上廁所，把老大吵醒了。老大問：『誰？』老二答：『俺。』老大問：『ㄓㄨㄚˇ？』（註）老二答：『尿。』兩兄弟一問一答，都只有一個字。全中國三十六省，沒有比我們河南人再話少了。」

我從沒有聽過表舅講河南話，聽了這個小故事和表舅的河南話不覺莞爾。忽然想起《聖經》中的教訓：「是就是是，不是就是不是，若多說一字，就是出於那惡者了。」原來木訥、不會講話的河南人，有著神稱許的美德。

近幾年表舅患心臟病，表舅媽不放心，他去哪裡表舅媽都跟著。兩個人雖然都七十已過，站在人群中仍是十分亮眼、令人羨慕的一對。許多沒有見過表舅媽的文友，都驚訝地表示，表舅怎麼把這樣漂亮的一個太太一直藏在家中。

表舅過世一年了，在文藝聚會中看不見表舅的影子，卻常會想起他唱的那首愛國歌曲，和他說的那個我們河南人的小故事，悵然不已。

【註】：「ㄓㄨㄚˇ」，河南話，幹什麼的意思。翟君石為作家鍾雷本名。

——一九九九年六月

善意的樹

我認識汪其楣的時候，她剛大學畢業，一個小女孩子，有著一雙洞悉一切明亮的眼睛。但是彷彿因爲自己知道太多，而流露出一種不易被人察覺的歉然與羞怯。

那時我們喜歡強調「我是中國人，我愛中國」，這個中國包括大陸和台灣。汪其楣來台灣只有兩歲，屬於生在大陸、對大陸沒有記憶的一代。我和同輩人講故國河山，都會很激動，她則沒有。她說她是中國人，但是她只愛台灣、台灣是她所有的記憶。那時尚未開放回大陸探親，敢對許多充滿鄉愁的外省人說她只愛台灣，汪其楣是相當有勇氣的。她說：

「我不是有勇氣，我是認同我生活的地方。」

因爲愛台灣、認同這個地方，汪其楣對台灣時局的變化很關心，看到社會風氣不好，她會焦急。她說改善社會風氣要從教育著手，首先要把五、六十人的大班，改成二、三十人的小班。這樣老師才有時間和能力去注意、瞭解每一個學生，知道個別的需要和問題，給予適時的鼓勵和調教。有人問她哪來這一筆錢，她說一個國家沒有足夠的教育預算，那就等著拿這筆錢去蓋感化院。

汪其楣年輕的時候鼻子過敏，講話常常帶著鼻音，讓人聽來有些傷感。我說她是先天下之慮而慮，後天下之樂而樂。

汪其楣是安徽人，和丈夫是同鄉，他們做起事來都是全力以赴、不要命地幹。我看了感覺慚愧和害怕，就稱他們爲「安徽民族」，常對他們說：

「留點力氣給下一次吧！」

汪其楣初從美國學戲劇回來，組織了一個聾劇團。看聾人演戲，在台灣還是頭一次。這些失去聽覺的人，不會說話、肢體語言異常豐富，很能掌握人體的韻律與節奏，不管演什麼都維妙維肖，轟動一時。

正在大家談論聾劇團、掌聲未息的時候，汪其楣忽然銷聲匿跡。我打電話去她家，汪伯母問清了我是誰，才說：

「其楣在，你等一下。」

汪其楣來接電話，我問她躲在家裡幹什麼。她說：

「養傷。」

我嚇了一跳，問她什麼意思。她說：

「一個婦人懷孕十個月，當孩子瓜熟落地，變成另一個獨立的個體之後，那個婦人失落的感覺，勝過做母親的快樂。」

原來她演一齣戲是本著婦人生孩子的心情，我說我懂了。她說：

「我好想哭。」

「你就哭吧！」

我話剛說完，她就在電話那端嚶嚶哭了起來。

汪其楣傷癒之後，成立了一個手語中心，鼓勵聽人學習手語，瞭解聾人世界，使聾人能夠多一些聽人朋友。

那段時期手語在台灣很流行，不僅出現在電視台的氣象報告，還出現在立法委員候選人的政見發表會上，讓人感覺我們的社會開始重視殘障人士，充滿愛心。就像汪其楣說的，那是一個社會安定、經濟進步，一個人半夜回家，走在紅磚道上都會笑的年代。

那時的汪其楣頭髮剪得短短的，也不燙，帶著點傲氣，也可以說是孩子氣。她說她活著要做一個柱子，不是殿堂中的，是荒野裡的。當學生們離開學校進入社會之後，發現學校教的那些倫理道德全用不上，回頭找尋老師，老師不見了，那是很可怕的。她要做一個柱子，就是任何利誘都不改變自己的理念，在她的崗位上，做該做的事，學生回過頭來，看見老師還在那裡才會安心。

經過十多年磨練，汪其楣成熟了，她留長了頭髮，一副中年女子明媚、溫柔的樣子。連說話用詞都變得謙虛，她不再說她活著要當一個柱子，而是一個證據。因爲鍛鍊身體、注意飲食，她的鼻子很少過敏了，她說話的聲音聽來不再感傷，而是輕快、開朗，令人同她講話感到一種說不出的歡喜。

看到台灣現在混亂現象，弄得人心惶惶，她愈加勤奮工作。她說有一點熱，就要發一點光，縱然是上最後一課，也要上得最好。

戲劇除了娛樂，還有很大的教化力量，汪其楣把她五年前在社教館演出，頗受好評的《人間孤兒》，重新編修在國家劇院演出。

《人間孤兒》是一部台灣庶民的史詩，除了訴說這個美麗的島嶼古早的歷史，還有我們共同走過的辛勤歲月。

汪其楣想告訴我們，不管古早以前，還是日治時代，或者民國三十八年之後赤腳打拚的日子，台灣都有很好的生態環境，和良善、純樸的人民。如今因爲有了錢，這些最好的資源都沒有了。

金錢給社會帶來了混亂，使許多安分守己的人，莫名其妙成了受害者，陸晉德先生的兒子陸正，遭歹徒綁架撕票了。陸先生沒有因爲喪失愛子恨這個地方，移民遠走他鄉，他拿了一百萬元出來做爲種樹綠化台灣的基金，來紀念他的兒子。

汪其楣看了極爲感動，陸先生化私愛爲大愛，種樹綠化台灣，成了新版《人間孤兒》的結局。

汪其楣說：「一部戲沒有那麼大的功能，可以改變社會風氣。但是，光是想一想，台灣有兩千萬人，如果每人每年種一棵樹，不論是有形的樹，或者是無形的樹，五年之後有一億棵善意的樹，就夠人興奮了！」

——一九九二年十一月

何思禮阿媽

每回經過館前街中國飯店，我就會想起何思禮阿媽，和那段台灣被稱爲「寶島」、靜好的日子。

現在的年輕人只知道凱悅、麗晶和來來這些五星級大飯店，很少人知道中國飯店。曾經住在那裡十多年，免費教中國人英文的何思禮阿媽，更加沒有人記得了。

在我年輕的時候，中國飯店和圓山飯店一樣有名。中國飯店生意之好，除了館前街的總店，還在陽明山和日本東京開了分店。

中國飯店的八樓有一個西餐廳，我常去。那時台北火車站前面還沒有什麼建築物，我喜歡坐在八樓窗口看街景，或者寫稿，我有許多作品就是在那裡寫的。

何思禮阿媽是美國人，我在晚報上看到一篇有關她的報導，說她民國五十九年來台灣，一直免費教授英文。她下榻的中國飯店很感動，十多年都沒有漲她的房錢。

我年輕的時候聽到好人好事會很興奮，就想見見何思禮阿媽，問她是什麼原因叫她離開人人嚮往的黃金天堂，到台灣來一住這麼多年。

何思禮阿媽不會說中文，我的英文很破，就帶了一個會英文的朋友同去。沒有見到她之前，我以爲每個外國老太太都像電影中看到的那樣，活潑熱情、愛講話。見了面才知道我的想法完全錯了，她是一個很嚴肅、端莊的老太太。

何思禮阿媽八十多歲了，衣著打扮都一絲不苟。那天她新做了頭髮，一件白底黑花洋裝，頸上戴一串豔紅的珊瑚項鍊，連搽在嘴上的唇膏也是珊瑚紅。

她的房間和一般客房不同，有一張墨綠色沙發床、一張書桌和許多椅子。牆壁上掛滿了中國字畫，有一幅字是魏景蒙先生送的。另一幅我不記得送她的人了，但是記得上面的話：

客居中國非飯店，棲隱台灣是桃源。

我請朋友問她是什麼原因讓她離開美國到台灣來。她用很驕傲的口吻對我說：

「你們中國人很和善，我喜愛這裡。台北是我的家。」

這種冠冕堂皇的話可能會滿足一般訪問者，我是喜歡追根問底的人，我要她告訴我們最初的原因。我說台灣那麼小，又落後，在世界地圖上幾乎找不到，她怎麼會離開天堂一般的故鄉，到一個陌生的小島來。

她目光炯炯望著我，不知她認爲我這個人太沒有禮貌，還是覺得她遇到了可以吐心事的人。她說十多年前她和先生住在洛杉磯，她先生在好萊塢從事電影工作。那時候她是一個很驕傲的美國人，覺得美國的一切都是世界上最好的。後來她先生突然過世，一個人突然失去伴侶，生活的步調就亂了，美國的一切變得令她非常不喜歡。

她說：「一個要什麼有什麼、物質那麼豐富的國家，人民卻是粗俗、空虛。你找不到一個眞正幫助你的人，也找不到你可以眞正去幫助他的人，我覺得在這樣的環境中生活，太可怕了。」

何思禮阿媽的朋友以爲她這種反應是先生突然過世，她不能適應，就勸她出國旅行散心。她說：

「我去了一趟歐洲回來，對美國社會的一切仍然很厭倦；我有位做大學校長的朋友建議我到台灣來。他說：『你去那裡看看，那裡的人或許可以幫助你。你也可以幫助他們，你可以教他們英文。』」

何思禮阿媽剛來台灣的時候，住在統一飯店。那時統一飯店新建不久，比中國飯店時髦、豪華，讓一般人望之卻步。她爲了那些免費跟她學英文的中國人進出舒坦，就搬到中國飯店。

何思禮阿媽的教學態度眞正是孔子說的「有教無類」，她的學生有大學生、高中生、醫生、工程師，還有連ＡＢＣ都不認識的人。她的書桌上放著深淺不同的英文書，讓來跟她學英文的人看了，照自己的程度選擇上哪一班。中國人尊師重道，又好學，何思禮阿媽在美國枯死的心，到台灣活了過來。

何思禮阿媽不只免費教中國人學英文，還把她在美國的錢捐給了哈威・麻德學院（Harvey Mudd College），她自己就靠著美國政府寄給她的養老金過生活。

她同我談話以後，希望我能跟她學英文。我那時年輕，醉心寫作，還要上班、做家事，實在無法一心數用，就介紹女兒和鄰家小胖跟她學習。

我女兒沒學多久，因爲考大學功課忙碌，就沒有去了，只有小胖繼續跟她學習。

小胖那年剛考上高中，英文名字叫史蒂夫，是一個胖嘟嘟、非常可愛的男孩。何思禮阿媽說，小胖是她來台灣教的第六個史蒂夫了。後來何思禮阿媽的事，都是從小胖那裡聽來的。

小胖每個星期六晚上去中國飯店跟何思禮阿媽學英文，從沒有缺過課。那年除夕三十剛好星期六，他媽說：「今天是三十晚上，一定不上課。」

他說：「外國人不過陰曆年。」就去了中國飯店。

小胖去了，看到何思禮阿媽的房裡只有她一個人，站在門口不知如何才好。很想請何思禮阿媽去他家過年，又不敢說，就一直站在那裡。

何思禮阿媽在中國人的年三十晚上意外看見小胖，有些驚喜，就問他：「史蒂夫，你不過年嗎？」小胖不知如何回答，何思禮阿媽說：「那我們來上課。」

對小胖來說，那是一個很特別的年三十晚上，大家都回去過年了，何思禮阿媽就教他一個人。他在鞭炮聲中一路感動地回家，對他媽說：

「人家外國人眞好！老了也不糊塗，還可以幫助年輕人。」

以後他學英文就更加認眞。

小胖上高二那年，何思禮阿媽去大陸旅行。那時台灣的人還不准去大陸，何思禮阿媽對學生說，我去幫你們看看那一大塊你們中國人的地方。

何思禮阿媽在大陸旅行的時候，受涼感冒了，沒有去看醫生，回到台灣一直咳嗽不好，給學生上了兩次課就無法繼續。有一天晚上發高燒，中國飯店的服務員把她送進台大醫院，醫生診斷是肺炎。

何思禮阿媽高燒不退，一開始每天病床前面都圍了許多學生，後來慢慢少了。小胖每個星期六放學，就去台大醫院看何思禮阿媽，默默站在一邊聽別人跟何思禮阿媽說話，他回來告訴我們：何思禮阿媽說話的聲音越來越弱了。

病久了，何思禮阿媽的神智有些不清。有一次小胖放學去看她，她床前空無一人。小胖看她閉著眼睛，站在那裡不忍離去。等她睜開眼睛，茫然看著小胖，小胖想阿媽一定不認識他了。沒想到阿媽用微弱的聲音，清清楚楚喊他：

「史蒂夫。」

台大醫院沒有把何思禮阿媽的肺炎治好，她就在那裡病逝了。何思禮阿媽留有一份遺囑：她的屍體給台大醫院做解剖教學用，她的骨灰請學生帶到溪頭，撒在林中，到了夏天她就可以聽蟬叫；學生送給她的聖誕節小禮物，可以自行取回留做紀念。

何思禮阿媽過世之後，星期六下午小胖放學沒有地方去。他媽說他常常一個人望著窗外發呆，自言自語：

「眞討厭！這麼大年紀還去大陸！感冒了也不趕快去看醫生。」

我聽著，眼睛就紅了。

——一九九二年七月

保衛大台灣

我小的時候台灣是一個非常可愛的地方，我們居住的木柵那時都是平房，沒有高樓大廈。在院子中玩耍，不僅可以悠然見南山，還可以看東山和北山。

我父親是安徽人，母親是河南人，我對我的籍貫茫然不解。即使台灣，我也僅只知道木柵和西門町而已。

我哥大我一歲，他在家待不住，成天跟一群與他年紀相仿的男生四處探險。有人問他是哪裡人，他很大聲告訴人家：「我是木柵人。」對我父親的老家安徽，他像我一樣沒有概念。

我上小學之後，我家對面的空地蓋了一幢四層樓公寓，住在四樓有一個胖嘟嘟、叫小傑的男孩跟我弟同年。他母親常帶他來我家找我弟玩。他還沒有上幼稚園，可是居然會背許多國家的首都。聽他說巴西的首都是里約熱內盧、阿根廷的首都是布宜諾斯艾利斯，叫我目瞪口呆。然而，我們問他：

「小傑，你是哪裡人？」

他回答得比我哥更妙，他說：「我是四樓人。」

他母親糾正他：「台中、清水。」他老記不住，等我們下次再問他是哪裡人，他仍然說他是「四樓人」。我想每個人只愛他生長的地方，就像我父親愛安徽、我母親愛河南一樣。

我小時候和我哥一樣，覺得木柵是世界上最好的地方。我們不知何時在院子裡吃木瓜，把木瓜籽吐在地上，竟然在泥土中生根發芽，長出一棵木瓜樹來，還結了幾個紅肉無籽木瓜。成熟之後我母親摘下來切給我們吃，比水果店裡買的還香甜。我父親吃東西喜歡挑剔，他吃了臉上充滿了陶醉的神情說：

「奇香無比！」

那時的台灣眞是一個寶島，嘴裡吐一粒種籽在地上，就會長出一棵樹來！天天看它成長，大自然給予我們的驚喜，使我們物質短缺的童年不覺匱乏。

那時我母親是一個多麼快樂的婦人！她常安詳地坐在院子裡摘菜，或者把曬乾的衣服從竹桿上抽下來摺疊。她身旁總是圍一群鄰居媽媽。她們天南地北聊著，有時高興了，會突然唱起歌來。有位鄰居媽媽是女高音，她喜歡尖著嗓子唱羅家倫寫的〈台灣好〉：

「台灣好，台灣眞是一個復興島，愛國英雄英勇志士，都投入她的懷抱。」

我母親說韓戰結束，一萬四千個反共義士來台灣的時候，她正在板橋中學念書。反共義士乘火車到楊梅，經過板橋，她們學校的學生都手拿國旗站在月台上歡迎。

我生得遲，沒有見到一萬四千名反共義士來歸的盛況；但是，我小時候看過那些臂膀上刺著「還我河山、復興中華」，已經在台灣安居的老阿伯。每次看到他們臂膀上的刺青，我就想到岳飛背上「精忠報國」四個大字，心中充滿了感動。

有位四川籍反共義士，在我們巷口開了一家豆漿店，我很喜歡吃他烙的油酥燒餅。冬天的時候，我六點鐘出門上學天還未亮，經過他的豆漿店，黑暗中看到烙燒餅爐子裡紅紅的火焰，整個人都感到溫暖起來。我拿十塊錢向他買兩個剛出爐的燒餅，他用四川話叮嚀我：「早晨一定要吃東西，肚子不能空到。」濃濃的鄉音，在寒冷的清晨聽來格外親切。我拿著熱騰騰的燒餅，迎著晨曦向學校走。有這樣的街坊父老，愛國愛鄉的意識就在我幼小的心中油然而生。

我進入中學之後，台灣經濟開始起飛。四川老阿伯的豆漿店，被屋主賣給建築商蓋大樓拆除了，老阿伯不知去向。

台灣成爲經濟奇蹟之後，不僅我們木柵居民不再悠然見南山，許多一夕之間成爲暴發戶的人，更使「一分耕耘，一分收穫」的古訓喪失了意義。平日圍在我母親四周的鄰居媽媽都做股票去了，居然一個個發了財。說他是「四樓人」的小傑媽媽，首先搬入台北市區有錢人住的豪華大廈。

我安居樂業的母親，見她的朋友都淪爲金錢奴隸，十分痛心。她告誡我們人爲財死、鳥爲食亡，寧失機不亂步，要堂堂正正做人。

堂堂正正做人的結果，我那台灣最高學府畢業、勤奮努力的父親，一生不得志，變得比我母親更八股。看到什麼人都爬到他頭上，他憤怒地說：

「時也！命也！非戰之過也！」

成爲富家子弟的小傑，長大之後也不快樂。他母親雖然給了他最好的生活享受，卻無法在他成長過程中，給他需要的友誼。重情感的小傑，進高中以後曾經給我弟寫了一封信，他說不見面，並非表示不想念。因爲課業繁忙，他們通了兩封信就停止了。

我母親說這是我們新生一代最大的危機，在一起再好的朋友，分開了就斷了。

小傑的母親一直同我母親保持來往。尤其股票崩盤之後，她帶一大群以前的鄰居媽媽回木柵來，告訴我母親股票市場的種種奇聞，以及金錢如何敗壞人心。她羨慕地拍著我母親說：

「你沒有做股票眞好！不享榮華不擔驚，我們到你家來，又彷彿回到以前的日子。就是吃頓粗茶淡飯，心裡也覺得高興。」

我母親聽了，只有苦笑。她與小傑母親同年，因爲操勞和不打扮，看上去比小傑母親長十歲。

我母親現在同她們在一起不再唱〈台灣好〉，改唱〈保衛大台灣〉，有次我聽到她們唱：

「我們已經無處後退，只有勇敢向前。」

心中突然產生一種奇想：希望她們起來，走出去，讓所有母親都加入她們的行列，用她們的愛心和智慧，把她們在金錢、虛榮、種種罪惡中迷失的丈夫、兒女和親朋好友救回來，使台灣再度被人稱爲「寶島」；而非投機、犯罪者樂園。

——一九九一年五月

輯三

每一個早晨都是春天

每一個早晨都是春天

1

我上班的時間很早，必須每天清晨六點鐘之前出門，好趕上第一班公車。寒冷的冬天，五點多鐘從熱被窩裡爬起來，實在是很辛苦的事。

每天出門天都未亮，下樓之後爲了禦寒和健身就開始跑步，冷風吹颳著我的臉，我的身體卻因跑步漸漸暖和起來。這時路上還沒有什麼行人，只偶爾會碰到一兩個背著書包上學去的學生。他們見我跑，以爲時間不早了，也跟著跑。黑暗中，看不清他們的臉，然而，彷彿有默契似的，都一口氣跑到車站，誰也不會中途停下。他們年輕無所謂，我跑到車站就上氣不接下氣了。

等車的時候，天微微亮了。望著自己口裡呼出來的熱氣，心中充滿了童稚的快樂，每個早晨對我來說都成了一個春天。

有時上了公車，才發現皮包裡沒有一個零錢。我拿一百塊給車掌小姐找，車掌小姐說：「第一班車，哪有那麼多的錢找你！」

我尷尬地說：「那怎麼辦？」

車掌沉默了一會兒：「下次要記得帶零錢。」就這樣我常很過意不去地免費坐車。

在清晨，許多問題都容易解決，有時起晚了，還沒跑到車站，就看到車子要開動了。我一面揮手，一面喊：「等我一下！等我一下！」車子的引擎雖然在轉動，司機先生總是等我來了才開車。

車子駛過世界新專，天色大亮。天氣好的時候可以坐在車上看晨曦和彩雲，讓我感到我不是起早歇晚地在為生活奔勞；我的人生和前途，也像晨曦和彩雲一般光明燦爛。

我常隨著車輪轉動，輕輕哼著大衛王的詩歌：

「耶和華是我的牧者，我必不致缺乏，
祂帶我到青草地上，
領我到可安歇的水邊——」

每次哼這首詩歌，即使是陰雨天，我心中也會出現亮麗的青草地和流水潺潺的小溪。

車子轉到汀州路，看到三軍總醫院大門口盛開的杜鵑花，讓人欣喜地感到春已經悄悄來到人間了。

2

羅斯福路兩旁的木棉樹，入春之後開始落葉，那光禿禿的樹幹使我想起大陸上的冬天，感到一種說不出的親切。

沒有多久，光禿禿的樹枝上突然開出花來，橘紅色，一大朵、一大朵開滿了一樹，遠遠望去彷彿我們老家在樹上長紅的柿子。我每天上下班經過那些木棉樹，都會忍不住仰起臉來看幾眼，發現台北的天空不管什麼時候都是灰濛濛的，不再藍了。開在光禿禿樹枝上的木棉花，就更加令人感到秀色超群，一枝獨豔。

有天清晨我經過那些木棉樹，停下來望了許久，想到張愛玲遇到胡蘭成之後，寫的幾句話：

見了他，她變得很低很低，低到塵埃裡，但她心裡是歡喜的，從塵埃裡開出花來。

我想木棉花必是神話中天上的仙女，不知看上了哪家的少年，跌落到人間，從塵埃裡開出花來。

春天還沒有完，木棉花就開始凋謝了，光禿禿的枝幹上不知何時發出了嫩芽。在晨光中，那嫩嫩小小、充滿了生機的新綠，讓人感到天下沒有不可醫治的創痛。這種大自然帶給人類的驚喜，已經被我遺忘得太久了。

那嫩芽抽得好快，沒幾天就變成了粗大的樹葉。現在那枝幹彎曲、矮小的木棉樹，怎麼也讓人看不出曾開出那樣神奇的花來。

3

現代人喜歡遲睡晚起，吃過晚飯就坐在電視機前面，忘記夜與晨的可愛和情趣。

我讀初中的時候，剛來台灣不久，大家住的都是平房，四周有許多空地。每天吃過晚飯、洗過澡，每家的大人小孩都到街上乘涼，大人找大人談得來的對象坐在一堆，小孩找小孩談得來的玩伴坐在一起，各得其樂。

記憶中，那時天空的星星很亮，眞正是「青石板上釘銀釘，數來數去數不清」。雖然只是才上初中的孩子，但是，我們像大人一樣天南地北談著，就覺得我們的心胸是如此廣大！有時沒有話講，我們就唱我們喜歡的歌，像〈紅豆詞〉、〈天倫歌〉、〈我住長江頭〉，在我們那個年紀還不懂「我住長江頭，君住長江尾，日日思君不見君，共飲長江水」那種含蓄、婉轉、令人心痛的愛情。然而，唱著唱著，我們心中就充滿了感動。

我們住的基隆路還沒有鋪柏油，也沒有路燈，只有一小時一班的十九路公車。十九路駛來的時候，老遠就聽到它行在碎石路上「轟隆、轟隆」的聲音。我們都不覺抬起頭來，車前的兩盞燈，在黑暗中顯得好明亮；就是車尾的小紅燈也十分耀眼。我心裡莫名其妙激盪著，想我有一天長大了，會乘車到遠方去。這種長大了要離家的感覺，使我感到很寂寞，對家人和眼前的朋友，彷彿馬上就要分別一般眷戀起來。

我在板橋中學念書，必須五點鐘起床，六點鐘之前出門，到松山火車站趕七點鐘的火車。

冬天六點之前天還未亮，女孩子怕黑，不敢一個人走路，呼朋引伴找了好多人一起走。一群女孩子一路吱吱喳喳說個不停，那種快樂和熱鬧，好像去哪裡趕集，而不是去上學。

我們也有正經的時候，天亮之後，我們在晨曦中比賽背書，上進心十分強烈。每個人都希望自己背得快、背得多，比別人聰明。

那時我背會的書，至今都記得很清楚，不知是否在晨曦中心情特別愉快、頭腦特別清醒的緣故。我一直有一個錯覺，我這一生之中，所有關於書本上的知識，都是那個時候讀會的。

——一九七八年三月

嗚哩嗚哩哇

我家住平房的時候餵了一隻小黃狗，牠常在安靜得連樹葉也不搖動的夜晚，突然吠叫起來，令人毛髮聳然。據說狗和不會說話的嬰孩，可以看見天地之間的異靈。

我常在丈夫和兒女都入睡了的晚間坐在客廳打毛衣，我喜歡夜靜無人之際一面編織，一面思考。在白天我感到自己不是自己，又是太太，又是母親，一個人有多種身分使我有點招架不住。譬如：我忙完了一天，上床睡覺的時候，我的臉多半是朝向睡在我右手的女兒，我覺得小女孩比小男孩可愛，同小女孩講話也比同小男孩講話有趣。但是，兒子會用手扳我的身體，聲音急躁地對我說：

「媽媽，看我啦！」

爲了公平、不偏心，我只有仰著臉睡。那一段時期我常患中耳炎，不知道是什麼原因，中耳炎跳痛起來會令人絕望。我去看醫生，醫生對我說易患中耳炎的人不可以仰著睡，仰著睡會使鼻腔中的分泌物滑入耳內引起發炎。這些事發生在其他婦女身上，都是芝麻小事；發生在我身上，就是麻煩。在我必須側著身睡的時候，我不知道該面對女兒還是兒子；女兒小，比較白，也比較伶俐，我與丈夫都喜歡女兒一些。然而，當我對兒子說：「妹妹小。」臉朝著女兒的時候，女兒鬼靈精地望著我，搗著嘴笑，讓我感到背後的兒子因爲失望，小臉變得更黑而覺得自己殘忍。

我常常在沉思之中，丈夫一覺醒來，見客廳的燈仍然亮著，他就嘀咕：

「該睡的時候不睡，該起來的時候不起來。現在滿街都是毛衣，又便宜、又漂亮，誰要你花那麼多時間去打那種東西。淨做不急之務！」

我不講話，因爲爭執也沒有用，他不會懂得思考對我的重要。深夜裡我一個人靜靜坐在那裡編織，讓我感到白天那個分裂的自己又在我體內集中，看到手上的毛衣逐漸成形，我想起童年家鄉那些手持女紅婦女臉上的嫺靜。我一生最大的滿足，也就是在桃李無言、悠悠的歲月中做一個手持女紅的女子。

爲了這點滿足，我一個人常坐在安靜得連樹葉也不搖動的夜裡編補。突然聽到小黃令人毛髮聳然的吠叫，我不知道牠看到了什麼。我沒有聽到任何腳步聲從門口經過，我也不覺得害怕，當一個人確定自己是自己的時候，大概都很篤定。

有天晚上小黃出去夜遊，我坐在那裡專心編織毛衣，門外沒有任何聲響，但是，我可以感覺到門外有一個東西。我放下手中的毛衣，眼睛盯著門看，有一隻小老鼠從門縫下面鑽了進來。牠大概沒有想到會有人坐在那裡，站在客廳中央不動，讓我可以清楚看到牠尖嘴巴上的鬍鬚。我們兩個都不知道如何是好地對望了一會兒，我腦子裡忽然閃過一個意念，我立即站在沙發上，把通往餐廳的門關好。我想如果這位不速之客不知道從進來的地方出去，牠活動的空間也只局限於客廳之中。否則牠到處亂闖，後果不堪設想。

這位不速之客彷彿看透了我的心事，牠等我關好餐廳的門坐下之後，像名角登場一樣，急速而神氣地在客廳跑了一圈，就從進來的地方出去了，讓我感到自己用小人之心測君子之腹，坐在那裡傻了臉。

小黃這時候回來了，牠追著小老鼠不停叫。我不知道牠常在靜悄悄的夜晚突然吠叫起來，是否因爲看到老鼠的緣故。我想到「狗拿耗子多管閒事」這句話，原來眞有其事。

以後我在晚間打毛衣，都會先把客廳通往餐廳的門關好，以免突然鑽進來一隻小老鼠我措手不及。我不知道每次從門外鑽進來的老鼠是否同樣一隻，總之，我見了牠不再大驚小怪，牠見了我也不會驚慌，每次牠都在客廳跑一圈就出去了。

我不知道有沒有老鼠和我們同居一室，我不曾發現被咬壞的東西，那個我常在夜晚看見的小老鼠，因爲鑽進來之後會自己出去，我對牠逐漸放心。甚至想每個人都有屬於自己的生肖，我屬鼠，那個小老鼠說不定是特意來看望我呢！

這個意念使我心中泛起無限的喜悅，想到小時候坐在我祖母的膝上，她的兩隻手拉著我的兩隻手，像拉鋸一般，她一面一拉一放，一面教我念：

「小老鼠，爬燈台，偷油吃，下不來。叫媽媽，媽媽不來，嘰哩咕嚕滾下來！」

她念到「嘰哩咕嚕滾下來」的時候，兩手停止拉動，等我在她懷裡笑夠了，再重新開始。

到了年三十晚上，全家人都在守歲，我祖母見我眼皮下垂就逗我：

「不要睡喲！今天晚上老鼠嫁姑娘，你睡著了就看不到了。」

我努力睜眼睛，但是，只聞到空氣中充滿了炸肉丸的香氣，等我再張開眼睛，天已經大亮了。

我問我祖母昨天晚上有沒有看到老鼠嫁姑娘，她說：「有。半夜裡忽然聽到一陣吹吹打打，然後從牆根來了一群老鼠，張燈結彩，好熱鬧啊！」

「你怎麼不叫我！」

我祖母好像沒有看到我臉上的失望，她說：「叫了。可是，你都不起來。」她見我難過得快要哭了，連忙說：「不行哭噢！今天你又大了一歲。」

我不知道又大了一歲對我有多少好處，然而，聽到祖母說我又大了一歲，我就忍住不哭了。這些往事不管什麼時候想起來，都讓人感到無限溫馨。

天亮孩子們起床之後，我把他們抱在膝上，學祖母一樣教他們念：「小老鼠，爬燈台，偷油吃，下不來。——」等我念到「嘰哩咕嚕滾下來」，他們就在我懷裡笑成一團。

我又教他們唱：「老鼠家裡嫁姑娘，嫁給男生黃鼠狼，嗚哩嗚哩哇、嗚哩嗚哩哇——」他們笑得更開心了。

我不知道爲什麼十二生肖會以小老鼠居首，看到孩子們那樣高興，我感到我們中國人眞是博大和智慧！對一個同居一室、深受其害的敵人，用這樣一個方式接受了牠。

兩小無猜

最初聽繼安提你的名字，以為你是男生。有一天我在廚房準備晚飯，繼安放學回家，書包也沒放下，就到廚房來對我說：

「媽媽，我們班上今天轉來一個新同學，叫楊維中。」

我忙著做晚飯，不經心應了一聲。

「他是從公立小學轉來的。」

「哦。」

「他們公立小學每個星期三下午都不要上課耶！」

「哦。」

「他們每天放學以後也不要補習。」

我仍漫不經心應著，以為你新從公立小學轉學，你的許多事情，都使讀了六年私立小學的繼安感到好奇。後來常常聽到繼安和你通電話，每次繼安拿起電話，說：「是楊維中呀！」無論聲音、表情都充滿了歡喜。

我心裡納悶，怎麼才讀小六的繼安，就對男生發生了興趣？我考慮要找機會同她談一談，因爲你們班上有一半同學住在我們宿舍，繼安從幼稚園起就每天和他們在一起，男女同學如同兄弟姊妹一樣。我聽她提起你們班上的男同學，都是：

「李華好菜！」

「張小蟲亂討厭的。」

不像說起你來，充滿了歡喜。

有一天繼安放學回家，又是書包也沒有放下，就到廚房裡來了。我正在切菜，她站在我身邊說：

「媽，楊維中雖然是公立小學轉來的，但是，他的功課很好耶！今天他算術考了九十二分，我們老師說，公立小學沒有教過優算和何武明，他能考九十二分，很了不起。」

我放下手裡的東西，望著繼安說：「他可能很聰明。」我準備乘機同繼安談一談，卻見她神采飛揚地說：

「楊維中也很漂亮耶！」

「繼安，」我打斷她的話，問她：「楊維中是男生還是女生？」

「啊呀！」她叫了起來：「楊維中是女生。媽媽你怎麼這麼笨！我和你講男生幹什麼？」

我望著繼安略帶棕色、坦然的大眼睛，不禁有點臉紅。我訕訕地說：

「那找她來我們家玩呀！」

第二天中午繼安就把你帶到我們家來了。還沒有進門，她就叫著：

「媽媽，她就是楊維中。」

我從廚房出來，你們還在門外脫鞋。我聽到繼安對你說：

「我媽媽好笨，以爲你是男生。」

你們就一路嘰嘰咕咕笑著進來。你見了我，有幾分羞怯喊了一聲：

「方媽媽。」

你和繼安差不多高，但是你比她胖一點，看起來顯得穩重、厚實。你的白襯衫外面加了一件淡桃紅色毛背心，髮長齊肩，讓人覺得你好白。你的睫毛濃密、眼睛黑亮，是一個很漂亮、可愛的小女孩子，難怪繼安每天都要提起你來。

自那次中午你到我家來之後，就常常看見你。方伯伯也說：

「這個小女孩子很不錯。」

我對他說：「比我們繼安漂亮。」

「那不見得，」方伯伯說：「我們繼安長得也很好。」我朝他笑了笑，我想他講這話因爲繼安是他的女兒，多少有點私心。

你常常到我家，也邀繼安到你家去。到你家要坐兩班車子，繼安不曾單獨出過門，星期天早晨你來接她，我看她忙碌又興奮地一會兒對著鏡子梳頭髮，一會兒穿衣服，隱隱覺得女兒長大了，心裡充滿了歡喜。

那天繼安說好要回家吃午飯的，卻到下午快兩點鐘才回來。一進門她就對我說：「我本來不肯在楊維中家裡吃飯的。我都穿好了鞋子，可是走到大門口，楊維中拉著我的手蹲在地上不放我走。」

繼安以爲回來遲了我會罵她。然而我聽她說你拉著她的手蹲在地上不放她走，頗爲感動。想起我像你們這樣大的時候，我的那些好朋友；我想繼安剛才講的事，一定也發生在我們身上過。

繼安仰起臉來，很奇怪地問我：

「媽媽，你不罵我呀！」

「當然要罵，」我故意很兇地說：「如果以後講好的時間不回家，也不曉得打個電話回來，就不准你再出去。」

繼安笑著，不住點頭。

上星期六中午繼安放學回家，一臉愁苦告訴我你們鬧彆扭了。她說：「楊維中最討厭了！」

我問她怎麼回事，只聽她說：「楊維中好驕傲！」沒有像往常那樣，提起你來就說個沒完。

也許我應該問一問你們之間發生了什麼事，但是，我要忙午飯，我想你們快小學畢業，再開學就是中學生了，應該學習處理自己的情感和事情。

那天下午繼安都悶悶不樂，連她最喜歡的電視長片也沒有看就去睡覺了。我看在眼中，沒有講話，我想你那天下午一定也很不好過。

好幾天沒有聽到繼安提起你，你也沒有打電話來。昨天中午我下班回家，看見你在客廳，我一進門你就愉快地喊：

「方媽媽。」

我笑著看你，很想知道你們爲什麼鬧彆扭、怎麼和好的。但是想到你們能夠自己處理自己的問題，我還是不要過問的好。

寫給張愛玲

我家有許多張愛玲的書，我很喜歡她的文章，同朋友談話常會提到張愛玲的名字。有次繼安聽了，很驚訝地說：

「媽，你也認識張愛玲呀！她是我們班上的同學。」

我告訴她我說的這個張愛玲不是她的同學，是一個了不起的作家。她要我寫張愛玲的名字給她看，我寫了，她睜大眼睛對我說：

「可是和我們班上那個同學的名字一模一樣。」

「但是，不是你的同學。」我說：「天下同名的人很多。」

她有些失望：「我們班上那個張愛玲和我很好呢！」她天真的頭腦裡一定在想，如果媽媽常提起的那個張愛玲就是她的好朋友，那該多好！

後來有一天繼安把你帶到我家來，她無限喜悅地說：

「媽，她就是張愛玲。」

你有一張長長的瓜子臉，黑而深邃的眼睛，望著我靜靜喊了一聲：

「方媽媽。」

你和繼安一樣，都是那種看來聰明、討喜的孩子，不同的是繼安看起來活潑，你看起來安靜。可是，你們兩個人都是那麼不會讀書！

以後你常在中午的時候找繼安一起上學。有時你來了，繼安還沒有吃飯，你就靜靜坐在沙發上看電視，或者看報紙，總是不講話。你是那樣一個沉靜、令人感到舒適的小女孩子。

然而，有次繼安告訴我：

「媽，你知道我們這次月考，誰數學分數最低？」

我說：「不知道。」

繼安說：「張愛玲。」

這次月考繼安的數學也考得比你好不了多少。我從她的臉上看到一種兔死狐悲的哀傷，我的心情也隨著沉重起來。

「媽媽，」繼安忽然很慎重地對我說：「下次張愛玲來了，你可不能問她呀！」

「當然。」我說。

繼安是一個很善良的女孩子，我不知道這與她的功課不好是否有關。他的哥哥繼光，功課不錯，以前讀小學的時候也是你們王老師教的，繼安說有時王老師在你們班上提到他們那一班的好學生，還會提到繼光的名字。好學生之間因爲有競爭，他們不但沒有友誼，常常連同情也沒有。要是哪一個同學的分數考得比繼光好、名次排到他的前面，我會聽到他握著拳頭說：

「下一次我一定要把他給幹掉。」

意思是說下一次一定要考到他前面去。小孩子好強、有競爭心原是好事。但是，我看到繼光與他的朋友之間時常因爲分數明爭暗鬥，不像你與繼安之間那樣令人感到和詳、可喜。

你雖然沉默寡言，因爲常來我家，我還是知道許多有關你的事，譬如：你爸爸是山東人，你媽媽是台灣人。你爸爸五十歲，媽媽才二十七歲；你和繼安同年，都是十二歲。繼安知道你媽媽只大你十六歲的時候，驚叫了起來：

「十六歲！只比我們現在大四歲，就生小孩子啦！」

你是家中的老大，看起來比繼安穩重得多。我問你姊妹幾個，你說五個，我不禁想：一個年輕的媽媽，帶著五個小孩，一定很累、很煩；你功課考不好，會使她更加生氣，對你加以責罰。我望著你，愛憐之心油然而生，以後你來我家，我常找機會誇獎你，見你給繼安的弟弟繼來講故事書，會說：

「繼安，你看張愛玲好好。」

見你教繼來摺青蛙，我會說：

「張愛玲好能幹！」

有時我也忍不住要你和繼安用一點功，不要老落在大家的後面，你們都點頭說好。有一天我在繼安的記事簿上看到兩行字：

如果下次月考張愛玲輸了，就請方繼安吃三明治喝汽水。

如果方繼安輸了，就請張愛玲喝汽水，外加三明治。

你們寫的兩行字是那麼幼稚和愼重，我覺得好笑和安慰。天下沒有不要好的孩子，他們不好，常常是因爲沒有得到適當的教導和鼓勵。我告訴你們，不管下一次月考誰贏誰，有競爭之心，就是很可喜的事。

有人認爲像繼安這樣功課不好的孩子，應該找個功課好一點的同學做朋友，這樣才會使她慢慢喜歡讀書，所謂「近朱者赤，近墨者黑」。

我不這樣想，我認爲交朋友是一件自然的事，像你和繼安這樣就很好。雖然你們兩個人都不會讀書，但是，你們知道彼此友愛和珍惜，這是很優美的性格。現在書讀得好的孩子越來越多，有著優美性格的孩子卻越來越少了。因此，對於繼安與你，我是一點也沒有因爲你們功課而失望灰心。

你不愛說話，每次來除了喊一聲「方媽媽」，算是跟我打招呼，從不曾主動找我講話。有一天中午我辦事趕不回家，不放心繼安放學回來一個人在家裡吃飯，就打電話回去。不知道是你接的電話，我說：

「繼安，吃飯了沒有？」

你在電話裡說：「吃了。」

我問：「你一個人在家？」

你說：「還有張愛玲。」

「你拿橘子給她吃。」

「拿了。」

繼安是一個愉快、沒有什麼心事的小女孩子，每次我從外面打電話回去，她都喜歡喋喋不休跟我講話，還要我回家帶東西給她吃。今天講話如此簡短，我覺得不對勁，不禁問道：

「媽媽出去，你不高興？」

「沒有。」

「那你的聲音和講話怎麼都有一點不對?」

「沒有。」

公用電話的時間到了，我只有說：「再見，繼安。」

你竟然說：「再見，媽。」

晚上我回家，繼安忙不迭說中午你如何搶著接電話，又如何假裝她跟我講話。她睜大眼睛說：

「最後張愛玲還喊你媽呢!」

我說：「難怪我覺得聲音有點不對!」

她笑了一陣對我說：「張愛玲要我不可以告訴你，她來了你不行問她呀!」

你以後來，我發現不僅來時跟我打招呼，喊我「方媽媽」，走的時候，你也會喊一聲：「方媽媽再見。」

有時你跟繼安一起喊，我就聽成了：「媽，再見。」

我不禁笑了，原來沉默的張愛玲還是一個調皮的孩子!

——一九七八年一月

見到天使

我家人丁不旺，沒什麼親戚，我祖母從小就教導我遠親不如近鄰。因此，在我感覺中，不只鄰家的小朋友可愛，鄰家的張大媽、李大嬸更可愛。

張大媽和李大嬸們喜歡來我家串門子，找我祖母聊天、商量事情。她們一個個都是烹飪高手，做了好吃的東西會送來給我祖母品嘗，當然也有我一份。我感到我祖母彷彿《紅樓夢》中的賈母，她們好像我祖母的媳婦和女兒。

祖母七十九歲過世，一生遷居無數，她一直都是最受鄰居敬愛的老太太。最大原因是她不傳是非閒話，所有閒話和是非都到她耳中爲止。我常聽她說：

「不知有多少話爛在我肚子裡！」

我祖母的聲音沉重、臉色嚴肅，讓我想到「保密防諜」四個字，給我的印象很深。我長大結婚之後，與左鄰右舍相處，也很自然遵循我祖母的教誨，不傳閒話和是非。

記得我度完蜜月回來，丈夫買了許多采芝齋的芝麻糖，帶我去拜訪鄰居。他喜孜孜地說：

「如果是大陸鄰居，他知道這是好東西；如果是本省鄰居，讓他嘗嘗我們的家鄉味。」

那時巧克力進口少，很昂貴。采芝齋的芝麻糖，已經稱是上品。

我家左鄰林太太是豐原人，年紀和我相仿，也是新婚，懷了四個月身孕。我們時常聊天，有次她對我說：

「你有沒有發現，我先生的臉臭臭的。」

我剛開始聽不懂，等我弄明白台語的「臭臉」，就是拉長了臉不笑的意思，忍不住要笑，覺得這兩個字眞是生動、貼切。

林太太提到她先生，還有點不好意思，有天她紅著臉說：

「想不到一個臭臉的男人，跟我第二次約會，就敢拉我的手。」

我望了望她微凸的肚子，調侃地說：

「男人想不到的事，多著呢！」

林太太和林先生是相親認識的，她一直守著她母親的教誨，「上床夫妻下床客」。因此，她和林先生都客客氣氣的，沒有什麼話說。

音。

我們家恰恰相反，話特別多。高興的時候是講話，不高興的時候是吵架，總是有許多聲音。

我原本是安靜的人，不知爲什麼結婚之後變得愛講話。丈夫說一天二十四小時，我只有兩個時間最安靜，一個是睡覺，一個是數錢。

我很羨慕林太太和林先生相敬如賓，沒想她也在羨慕我。有次她說：「夫妻應該像你們這樣，什麼話都能說，不是放在肚子裡用猜的。」

我說：「把什麼話都說明了，會吵架的。」

她說：「那也比用猜的好。」

林先生學電機，那時沒有瓦斯，我們都用電爐煮飯。有天我家電爐壞了，丈夫恰巧不在，林太太慫恿我找她先生修理。

「林伯伯，」我學鄰居小孩那樣喊他，「我家電爐壞了，請你幫忙修一下。」

那個妻子口中臭臉的男人聽了，笑嘻嘻到我家來，笑嘻嘻替我解決了問題。

後來林家的小孩和我家的小孩相繼出生，一起學步、一起長大。我家的小孩頑皮叫阿光，林家的小孩老實叫阿仁，阿仁到我家來玩，常常哭著跑回去。

我們家鄉有句話，兩個孩子吵架，有理沒理先打自己。我總是對阿光說：

「你又把阿仁弄哭了！趕快向他說對不起。」

林太太也總是對我說：

「我們阿仁愛哭，你不要常常叫阿光向他說對不起。」

有次阿光不僅把阿仁弄哭了，還把他弄得鼻血流個不止。我驚嚇萬分，親自帶著阿光到林家請罪。林太太說：

「你不要緊張，阿仁有習慣性流鼻血，讓他平躺一會兒就好了。」

我望著這個誠實的豐原女子，覺得她眞是個天使。

後來我們的平房改建成公寓，林太太他們搬了家，我們也遷入一幢四樓公寓的二樓。住我家樓上的三樓、四樓不知爲什麼，一搬進來就吵架不講話，所有公設費用，都由我家出面協調解決。

三樓離我家近，四樓離我家遠，可是四樓有個王小妹，剛上小學，她每天下午放學回家都按我家門鈴，要我給她開門，拉近了我們兩家的距離。

起初王小妹按我家門鈴，我用對講機問她是誰。她幼小、怯怯的聲音說：「四樓，王小妹。」讓我覺得十分有趣。

有次我午睡被她吵醒，心中頗不高興，問她：「你是不是搆不到你家的門鈴？」

她怯怯說：「不是。」

我又問她：「你媽媽不在家嗎？」

她說：「不是。」

我不解地問她：「那你爲什麼不按你家的門鈴？」

「因爲，」她說：「我媽媽在睡覺，我怕把她吵醒。」

我原本要說：「你就不怕把我吵醒嗎？」她幼小、怯怯的聲音使我想到《聖經》上的一句話：「要愛你的鄰舍。」就忍住了。

那時我同她母親王太太還不熟識，不知道她是怎樣一個女子。有天她爲這件事特意來向我道謝，說她前陣子身體不好，醫生要她臥床休養；她給王小妹打了一把鑰匙，被王小妹弄丟了不敢說，每天放學回來都按我家門鈴。後來王太太身體好了，五月節包粽子、過年做年糕，都會送我家一份。

時間悄悄過去，孩子們一個個長大，沒想到健康良好的丈夫忽然病逝。

我茫然自問：「這是眞的嗎？」

我聽到自己堅決的回答：「這不是眞的。」

然而，時間又匆匆過去，兒子對我說他要結婚了、女兒告訴我她要出嫁了。想到我要代替丈夫爲孩子們主婚，淚流滿面。

娶媳婦家中多了一員，是眞正的喜事；嫁女兒則是心頭一塊肉，從此要到別人家過生活去了，心中充滿說不出的感傷。

女兒出嫁前夕，我百感交集坐在沙發上發呆，小兒子從外面回來，對我說：「媽，王伯伯和王媽媽在洗樓梯。」

我皺了一下眉頭說：「明天姊姊出嫁，他們爲什麼選這個時候洗樓梯？」

小兒子問我：「媽，你說呢？」

我心中倏然一亮：「因爲明天姊姊要出嫁。」

小兒子說：「對。」

我開門出去，只見王先生、王太太一人拿水管、一人拿掃把沿階而下，彷彿天兵天將從天而降。

王太太對我說明天女兒出嫁，怕我們太忙忘了洗樓梯，女兒出門弄髒了白紗禮服，就叫王先生幫她一起沖洗。

我含淚望著他們夫妻二人，感覺我不僅見到天使，還看見彩雲。我脆弱的心一下堅強了。我對自己說，即使沒有父親主婚，明天女兒也要有一個歡樂、光彩的婚禮。

——一九九六年四月

後事

我每天下班乘公車回家，路上要花一個小時。我上車喜歡找一個單人座，希望途中打個盹，否則回家做飯就沒有一點精神。

有天我上車不久就睡著了，醒來已經到羅斯福路。車上擠滿了人，我把臉轉向窗外，看到路旁有棵盛開的木棉樹。暮色中，我望著枯禿的樹枝上，又大又紅的木棉花，覺得自己彷彿在夢中。

我旁邊站了一對夫妻模樣的中年男女在講話，起先我沒有注意聽，等那女人說：「克文出殯，錦緞說要送上山，你說該不該？」我才開始留神。

沒見男人答話，女人又說：「他們台灣規矩，丈夫死了打算再嫁，出殯才送上山。不打算再嫁，出殯那天搬張椅子坐在門口，臉朝家門，這些規矩錦緞應該知道。」

男人仍然不吭聲，女人換了個話題：「錦緞怪克文死前，對她和孩子們沒個交代——」

男人這才說話：「怎麼交代！他根本不知道會這麼快死。我去醫院看他，問要不要給他辦退休，他還說等他出院再說。」

見引出了男人的話，女人趕快說：「錦緞怪克文，自己成那個樣子，還每月叫她不要忘記寄錢給他姊姊。我對錦緞說不能怪克文，克文是長子，他有責任。他那個弟弟根本不管事，老母親長年住在姊姊家，他按月寄點錢是對的。」

我聽不出這對男女與死者的關係，那女人一句句克文、錦緞地叫，想必是近親。他們說的是國語，我也聽不出他們是哪裡人，很想抬起頭看看他們什麼長相。但是心中對錦緞很同情，想多知道一點她的事，就低著頭繼續聽。

「你叫她不要囉嗦！」男人有點不耐煩起來：「撫恤金夠她和孩子們用。」

女人聽了這話又言歸正傳，「你看，」她輕聲說：「克文出殯那天，要不要錦緞送上山？」

「不要了。」男人的聲音仍然有點不耐煩，「那天她送克文去太平間，就哭昏了。她心臟不好，要是上山再哭昏過去，大家給克文辦喪事，還是送她下山到醫院急救！」

那女人強調：「那天我也在，她哭昏過去我看見了。她對克文當然是有感情。」

「你對她說，」男人的語氣平和了一些，「克文死前沒有交代，因爲他根本不想死。他對我說過，他開幾次刀、受幾次罪，就是想多活幾年。」

「我會對錦緞說，」女人賢淑地說：「克文受那麼大苦開刀，就是爲了想多陪陪她和孩子。」

聽到這裡我突然感到憤怒，那女人不僅是非還殘酷，人家丈夫剛死，她就想到人家要不要再嫁！企圖用禮教和感情把錦緞套住。一點也不顧念錦緞喪偶之痛混亂的心情，還不如我這一個路人！

「你對她說，」男人又有點不耐煩，「撫恤金夠她們母子用。將來有什麼事，我們也不會看著不管！」

再過一站我就要下車了。我抬頭彷彿錦緞親人一般，瞪了他們一眼，心裡說：

「你們能管錦緞什麼！你們也不過像我一樣是擠公車的人。克文的人生已經走完，錦緞前面的路還長著呢！」

她像我祖母

農曆年剛過，隨幾位寫作的朋友去訪問愛愛院、聖道育幼院和陽明敬老所。

大理街的愛愛院有同鄉住在裡面，我去過幾次。同鄉半身不遂，有次去，看到一個修女坐在他床前矮凳上，低著頭給他剪腳趾甲，心裡異常感動，不知那個穿聖服的女子有著怎樣的胸懷！

一到愛愛院，日裔女院長就出來歡迎我們。一位祕書把我們領進會議室，告訴我們目前院內有一百九十八個人，每人每天生活費二十八元。簡報未完，幾位男士從會議室的後門進來，如同平劇中的擊鼓鳴冤，嚷嚷說院方苛待他們。

大夥兒個個神情凝重，離開會議室去參觀他們的住處。愛愛院房屋老舊、庭院狹小，死氣沉沉。老人們見我們來，靠著門站在門口，目光呆滯望著我們。

我從小跟祖母和外祖父長大，見了老人心存敬意，感覺親切。聽他們要求我們向社會反應，希望改善他們的生活，心裡充滿了惶恐和難過。

愛愛院離西門町很近，二十八塊錢一天的生活費不夠到西門町喝半杯咖啡。讓老人們在鬧市做苦行僧，太磨難他們。

天母的聖道育幼院環境優美，房舍高大寬敞，配上一個尖頂教堂，引人幽思懷古。創辦的牧師已經去世，也是一個孤兒，辦育幼院是他一大心願。望著那些在草地上嬉戲的兒童，我想起《聖經》上的話：

我受苦是爲了要你得幫助。

這裡的孩子都很快樂，不像孤兒。好像見證不管在什麼環境之下，神對世人說：「你們要靠我喜樂。」

有個韓國來的孤兒，見了瘂弦就笑嘻嘻地依在瘂弦身邊，我們走到哪裡他跟到哪裡。大約溫和的瘂弦看來如同慈父，讓他依偎不捨地想靠近。瘂弦很感動地對我們說：

「這孩子和我有緣，我要收他做乾兒子。」

還有一對小兄妹，一直跟著坐在我旁邊的張小鳳。美麗的張小鳳很愛孩子，我聽到她柔聲對那兩個小兄妹說：「你們喜歡什麼玩具？阿姨回去買給你們。」

小兄妹先是忸怩不說，張小鳳鼓勵他們：「沒有關係，告訴阿姨，你們想要什麼？」哥哥眨了眨眼睛，很不好意思地說：「我要一個機器人。」妹妹連忙說：「我要一個洋娃娃。」

張小鳳慷慨答應，兩個小兄妹高興得臉都脹紅了。講了幾句悄悄話，又對張小鳳說：「還可不可以再送一個玩具，給我們的好朋友××。」兒童的天眞令人莞爾。

離開育幼院我有一個感覺，現在有父母的孩子只知讀書、考試，其他的事不知不問，將來對社會的責任恐怕要落在這些孤兒的身上。這個人與人日漸冷漠、充滿暴戾的社會，需要有宗教情操的人犧牲、奉獻。

我們到關渡已經日暮了。敬老所建得很不錯，有些像洛杉磯的老人公寓，只是房子小了一點。裡面的老人衣著整齊、神情安詳，齊邦媛教授代表致辭，忍不住喊他們：「各位伯伯、叔叔、嬸嬸、大娘。」坐在我旁邊一位北方老人，木訥、忠厚，告訴我他隻身在台，老了能有住處，不缺衣食，除了感謝政府的德政，還感謝上天厚待他，充分表現中國人的知足、知命。

有一位七十七歲本省老阿媽給我印象最深。她穿著藍衫、黑褲，梳了一個小髻，嘴裡沒有一顆牙，像極了我祖母。她見到我們彷彿見到自己的小輩，粗糙有力的手拉著我們，絮絮叨叨說：「平安、賺大錢；看到大家好，我心裡卡歡喜！」

她眼睛清亮、鼻樑挺直，年輕的時候一定是個美人。

我們到她房裡參觀，她把桌上她採的玉蘭花分給我們，又打開裝花生的茶葉罐，給我們每個人抓了一把。長者賜不敢辭，望著一罐花生都被她分光了，我們心裡都感到不安。

告辭的時候他們正要吃晚飯，老阿媽送出來，我們對她說：

「要吃飯了，外面冷，阿媽不要送了。」

她說沒有關係，誠誠懇懇要送我們。我想起以前我祖母在世時我回去看她，走的時候她都要送我到車站，看我上車。我祖母是小腳，想到我的車子開走之後，她一個人要走一大段路回家，心裡就很難過。但是，不讓她送我她會很不安，只有依順她的意思。

到了門口，我們對老阿媽說：「阿媽，進去了。」

她還是說沒有關係。我們要上車了，她仍然站在門口不進去。昏暗的天色中，她看來更加像我祖母。

——一九八五年三月

你要餵養我的小羊

我是一個聚會光景不好的基督徒，沒有神的光照，我活得十分辛苦，常在上下班途中，不自覺哼著耶穌上十字架那首詩歌：

「這一條路實在孤單，沒有同心，也無同伴——」

上月我到一個小鎮出差，旅途中我的情緒更加低落。星期天清晨起床之後，我推開旅社的窗子，這一天不知要如何打發。心中突然有一個聲音說：「你何不找個教堂去聚會！」我向旅社服務生問了教堂的地址，走了出去。

我找到教堂，聚會已經開始，前排坐滿了人。有一個老姊妹獨自坐在最後一排，我在她右邊悄悄坐下，後來又來了一對母女，坐在她的左邊。

那位老姊妹有七、八十歲了，頭髮灰白，身上的衣服油膩膩的，皮膚黑黃，臉上的皺紋很深，看起來有些不清潔。她像個孩童，好奇地一會兒看看我，一會兒望望那對母女，一直動個不停，使我不能專心聚會，有點後悔坐在她旁邊。她看夠了，開始打瞌睡，她灰白的頭搖晃了一陣，然後靠在我的肩上。

這時我們在讀〈約翰福音〉二十一章，耶穌復活之後，向門徒顯現，問西門彼得說：「約翰的兒子西門，你愛我嗎？」

彼得說：「主啊！你知道，我愛你。」

耶穌聽了，對他說：「你要餵養我的小羊。」同樣的話，耶穌問了彼得三遍。每次彼得回答：「主，是的，我愛你。」耶穌就對他說：「你要餵養我的小羊。」

讀到這裡，我心中異樣感動，彷彿耶穌復活之後，三次向彼得託孤的話是對我說的。我低下頭看靠著我熟睡的老姊妹，主啊！原來我軟弱、疲憊的肩膀，也可以供人安歇片刻。

——一九九〇年一月

生活三味

葛瑞特颱風

我們公司供應台北市民魚食，即使星期假日，也要上半天班。

葛瑞特颱風來襲剛好星期天，星期天原本是假日，行政主管單位沒發布不上班的命令，我只有冒著風雨上班去了。

幸虧我去了，我們辦公室沒有一個人缺席。

因爲颱風，來購買魚貨的人不多，大家沒事做，就坐在一起聊天。

下班前，我接到一個許久未聯繫的老友電話。她很驚訝颱風天我還要上班，叮嚀我回家路上要小心，最好坐計程車，不要把自己弄成落湯雞。她說：

「知道了嗎？」

我說：「知道了。」

但是，下班的時候，我心中脹滿了風雨故人情，覺得自己突然年輕、神勇起來。決定本著平時不累、不趕時間就不坐計程車的原則，到了公車站。

原本一刻鐘一班的公車，因爲颱風加星期天，等了半個多小時還不來。更糟的是我心中年輕、神勇之感，在等車的時候逐漸消退了。

等了一個小時，好不容易車子才來。下車的時候，忽然來一陣大風，我剛花一百五十元買的新傘泡湯了。

在沒有人的路上，我急急走著，那個名叫葛瑞特的颱風促狹似的，時而靜止，時而像海浪一般向我追打過來……

忽略

在報上讀到一段話：「只有透過『忽略』的意志，我們才能在現代文明的喧鬧中寧靜沉思、自得生活。」

我看了很高興，感覺德不孤必有鄰。

我除了透過「忽略」的意志，在現代文明的喧鬧中寧靜沉思、自得生活，還透過「忽略」

的意志對付我身上的文明病。

我身上經常出現的病痛有兩種：頭痛和膝蓋痛。若是一天只出現一種，我像撿到金子一般高興；若兩種皆不出現，我這一天就活在感恩的心情之中。如果再來個好天氣，像三月小陽春、秋高氣爽、嚴冬出太陽，我會更加感覺恩上加恩。

《聖經》上說：「日頭照好人，也照歹人。」

那麼日頭當然照智慧的人，也照愚拙的人；照官高的人，也照位卑的人。

想想自己與這麼多形形色色的人，同活在一個日頭照耀之下，眞是歡喜不盡。

美麗

我是一個懷舊的人，對老朋友、舊衣物都很珍惜。

我不僅珍惜自己的，還珍惜孩子們的。他們小時候交的大小朋友，現在有些不來往了，我見了人家仍會老遠打招呼。

他們不要的衣服，我也撿著穿。有次小兒子有件紅色全棉佐丹奴外衣要丟，我問他：

「沒破、沒爛，好好的爲什麼要丟？」

他說：「不流行了，現在佐丹奴的衣服好像制服，滿街都是。」

他還在念大學，沒有工作，不知艱難。我看了他一眼，來不及同他生氣，撿起佐丹奴穿在身上，走到鏡子前面端詳自己。

我沒有化妝的臉穿上紅衣服之後，忽然一亮，讓我想起我年輕的時候，一直希望有件紅色外衣，我覺得不管穿在身上，或是披著，都會十分好看。但是當年物質貧乏，一直沒有實現。

我有個小叔在台大念書，有天他打球撿到一件紅藍條子開口線衫。那時台灣尚未出產這樣時髦的衣服，他認定是僑生遺落的。貼了失物招領公告，一直沒有人認領，他就帶回來送給我穿。

我當時二十左右，那件紅藍條子線衫，把我青春的膚色襯托得極爲好看，讓我自覺風光了許多春日和秋天。

這樣甜美的回憶，彷彿是我身後的華光，我望著鏡中的自己，覺得十分美麗。

——一九九五年一月

屬於我的冬天

一年四季之中，我和一般人一樣，喜歡氣候溫暖、景色怡人的春秋兩季。如果用春夏秋冬代表人生的童年、青年、中年和老年，我則喜歡冬天，因爲那是屬於我的季節。

冬天使人想起圍爐夜話，和站在窗前看窗外大雪紛飛的童年。

我是八年抗戰時出生的，冬日是我童年最溫馨的記憶。大雪把路封住，日本鬼子不來，怕北風從門縫中鑽進來，門上掛著厚厚的棉布簾。晚飯過後，我祖母帶頭坐在爐火旁邊說古，我坐在她懷中，望著紅紅的爐火不知不覺睡著了。

在祖母懷中長大，我從小敬愛老人，覺得人老了有一種說不出的魔力。我祖母成天笑嘻嘻的，非常慈愛，而且啥事都懂。

可能從小親近祖母的緣故，我不像一般女子那樣怕老。過了不惑之年，別人問我貴庚，我連虛歲也告訴他。

現代人到了六十歲，才算進入老年期，我仍遵守古制，過了五十，就自認是半百老人。與我年紀相仿的朋友聽到我說老，立即用一種拒抽二手菸的口吻警告我：

「不可以常常說老。常常說老，會老得更快。」

這些和我年紀相仿的仕女們，不僅過了半百頭髮染得烏墨，還割雙眼皮、紋眉毛，想盡方法消除歲月在她們臉上留下的痕跡。

她們看起來一個個都比我年輕漂亮，但是我並不羨慕她們。我覺得一個女子過了五十，臉上看不到慈愛，是一件很遺憾的事。

我認爲老祖母的慈愛，對社會的祥和有很大推動力。我祖母那個年代，一個白髮老太太上了公車，馬上有好幾個年輕人起來讓座。現在的女士們過了半百滿頭烏絲、一臉脂粉，叫年輕人看到她們如何產生敬愛之心！

現在社會越來越亂、年輕人越來越沒規矩，我心中常想，這些不肯讓自己老去的仕女們，是否應該負一部分責任？

對於老，我沒有那樣敏感與恐懼，除了勇敢接受自然現象以外，在我生活了五十多年的人生中，一直隨波逐流沒有機會好好認識自己。如今兒女成人，身上不再有包袱和責任，面對孤寂與死亡的晚年，正是我認識自己最好的時候。

重新認識自己，使我彷彿孩童進入新天新地一般歡喜。我發現許多以前自己不曾發現的小優點，以及曾經引以爲傲的錯誤；許多事情如果用現在的心智來處理，應該處理得很好才對！經過反省和嘆惜，人老以後，眞眞是可以擇善固執。

當童年、青年、中年飛逝而去，我發現人的良知、良能得到滿足，人的所需其實很少。一個人不再貪心，眞的是可以很高貴，與一切原本爲敵的，都能和好。

——一九九五年一月

宜室宜家

天心在她那篇〈秋夕信步〉裡寫著：

材俊喜歡哄人睡覺，我們便坐在一棵大樹下，材俊依著樹幹坐，讓我枕他腿上，好在有陽光，暖暖地覆著人。材俊邊抽菸邊唱道：「Lady, are you crying? Do the tears belong to me……」我的淚水就那樣滑下臉來，結實地一顆顆落入土裡，全爲的是感激這一切。

我看了正想：「這材俊是誰？」就收到朱先生寄來天心和材俊結婚的喜帖。朱先生稱我「康芸薇女史」，那一筆漂亮的毛筆字讓我感到自己倏然被拔高了，心中的喜悅一發不可收拾。

我剛寫作不久時，朱先生寫來一封信，應該說是鼓勵的信才對，因爲裡面全是稱讚的話。但是又寫得那樣親切隨意，讓我敢把大家心目中的朱老師視爲平輩朋友。朱先生信中說，他現在不僅逢人就介紹我的作品，還發現我那種看來不經修飾、極爲簡單的筆調，竟是學不來的。

那時我年輕，對朱先生的稱讚只會傻笑，不知道說什麼話。後來朱先生搬到木柵，離我家很近，我去朱家，也不懂請益，純粹是串門子。朱家不只是朱先生好，慕沙、天文、天心、天衣和那一群貓狗都好，好人家自自然然吸引人腳步。我除了自己去，還帶先生兒女和鄰居的孩子同去，因爲世上有這樣的好人家，大家都應該去見識、見識。

天文三姊妹還小，慕沙做飯，她們就幫忙摘菜。吃過飯大家坐在客廳聊天，天文與天心就坐在小凳上聽，大人談到半夜，她們兩姊妹就聽到半夜。見天心靠著天文睡著了，大家叫天文帶妹妹去睡覺，不要耽誤明天上學。天心醒了也不走，朱先生說：

「她們姊妹從小喜歡聽大人講話。除非第二天要月考，不然，都是等客人走了她們才上床。」

大家都驚訝朱先生這樣民主！全由著孩子。誰也沒有想到這兩個喜歡聽大人講話的小女孩，長大之後都成了名女作家。

那時合乎標準的網球場很少，我們宿舍有一個，慕沙和她所屬的球隊常來練球。有一陣子我常常聽到慕沙在我家門口喊：

「康芸薇。」

我家小黃聽到有人喊就吠叫著跑出去，等我拖兒帶女地出來，牠已經伸長了腿躺在地上，讓慕沙給牠捉狗蟲。慕沙見了我第一句話說：

「咳！康芸薇，你家小狗身上有狗蟲，還長了癩子，你要帶牠去看醫生。」

慕沙愛狗如命，朱先生說天文三姊妹從小都不曾被慕沙抱在懷裡，「心呀！肝啊！」地叫過。只有狗，不管誰家的、可不可愛，她見了一律喜歡。別人丟掉的病狗，她撿回來當寶貝般加以照看。

慕沙說她從小跟外婆長大，童年很寂寞，只有兩隻大狼狗和她作伴，她從小就習慣把狗當朋友。我從小也跟祖母長大，心智和慕沙有許多相似之處，都說話快、沒有主題，常常又說又笑，別人只見我們說得熱鬧，卻不知道我們說些什麼。有一次與慕沙還有幾位文友在一起聊天，大家談得高興，各自打電話回去告訴先生自理晚餐。慕沙打完電話回來，笑著對我們說：

「我告訴朱西甯我在和你們講話，我沒有說聊天。說講話好像是在辦正經事，說聊天不回家做晚飯不太好。」

我聽了會心一笑，慕沙這種孩童般的心態，和我很相似。

天文考上大學之後，有一天朱先生和她騎腳踏車到我家來。那時我家還是平房，因爲木柵淹水，我家後面加蓋了一個避水樓，平時沒人住。我把瓶瓶罐罐都放在樓梯上，樓梯口做了一個木柵欄，這樣不僅防止小孩亂動東西，取用也方便。朱先生和天文看了很驚訝！以後朱先生常提這件事，他慢吞吞地說：

「那次上康芸薇家，看到一樓梯的瓶瓶罐罐，印象非常深刻。這在別人家都看不到的！」

大概是這樓梯上瓶瓶罐罐給的靈感，朱先生後來在他的「作家速寫」專欄中這樣寫我：

康芸薇一旦唱念做表地動態起來，便全然不是你第一印象裡那種養尊處優中長成的強大和安穩。不唯如是，甚且表現爲另一個極端，柔順而溫弱，無比的「小」。由於她對世務的無知和無能，她不是一個能夠獨立的女人，事無分內外巨細，都需她的另半個來頂位，簡直是小女孩一般，處處需人照撫。

這一靜一動的不調和，使她難以成爲積極性的賢妻良母，然而卻或者正是她文學才質的得天獨厚。儘管她的作品取材平凡、處理細瑣，卻在這平凡細瑣的自然中，展現出一派大家風範。那該是她底子裡所蘊涵的厚實深遠，和對人生無比單純的信任所使然。

幾個文友看了，問我朱先生把我寫得這樣無用，我喜不喜歡？我沒有回答，只想到以前家中有傭人的時候，我常想她們是人，我也是人，她們卻要做比我多許多的事，總擔心她們做累了。我祖母就笑我：

「奴使奴，忙死奴。姑娘使奴，閒死奴」

想到祖母的話，覺得朱先生把我寫得入木三分。自己原來是這樣一副德性！眞是不好意思。

後來天文、天心也開始寫作，慕沙覺得自己受到冷落。她說：「他們父女三人，成天一個人一張書桌，天塌了也不管！」

朱先生有一回說：「眞是不得了，吃過晚飯，一家人坐在客廳講話。慕沙忽然說我要哭了，天心說等一下，我去拿毛巾。天心把毛巾拿來，慕沙摀著臉就稀哩嘩啦地哭了起來。」

天心文章中也寫過這件事，她說：「我們家媽媽最小！」這句話如同一句名言，也在我家流行著。

這些都像似昨天的事，一轉頭，天心要出閣了！看到朱先生在喜帖上寫著「祈賜祝福、懇辭禮金」，我立即想起天心喊「阿姨」時甜甜的笑臉，一連好幾天我都不覺如同唱歌一般念著：

桃之夭夭，灼灼其華。
之子于歸，宜室宜家。

——一九八五年七月

豔藍的天空

何凡先生過世了，兒子夏烈這樣寫著：

他躺在床上，身體又黑又細，他太老了，閉著眼、手顫抖著。我移近他握住他的手，忽然顫抖停了……

淚水模糊了我的眼睛。我想起很久以前，宋楚瑜做新聞局長的時候，請了許多文化工作者去橫貫公路參觀。

那時宋楚瑜很年輕、英挺有爲，看到他的人會精神一振。他說政府做了許多事，人民都不知道；透過作家的筆告訴大家，會比政府來說要好。

何凡先生正是盛年，和海音大姊一起參加。海音大姊人緣好，走到哪裡身邊都圍了一群人。何凡先生常常落單，有時也有幾位男士和他聊天，他多半都是一個人。

我們在太魯閣過夜，第二天上梨山。梨山有個「爸爸宋」，帶著許多榮民弟兄在那裡種水果和蔬菜。「爸爸宋」叫什麼名字我記不得了，卻記得他那張紅粉粉、像嬰孩一般的臉。有人說「爸爸宋」天天吸取山嶽精華，吃最新鮮的水果、蔬菜，他的臉才會像嬰孩一般好看，老總統蔣公的臉也是如此。

「爸爸宋」未落腳梨山之前，在泰國替皇室改良果菜，常見到泰王、泰后。「爸爸宋」這個稱號就是泰王、泰后叫出來的。

那時美國黃玉米剛引進台灣，那天中午「爸爸宋」叫廚房給我們炒了一盤松子玉米，說是泰后最喜歡吃。

這道菜我們第一次吃，清香可口，人人稱讚。海音大姊用她的京片子對「爸爸宋」說：「這道泰國皇后喜歡吃的菜，我們也喜歡吃，晚上給我們多炒一點。」引起一陣歡呼。

下午我們參觀果菜園，有個老榮民在一棵大樹下賣五香茶葉蛋。晴空無雲，藍豔豔的，在深山中嗅到一陣陣茶葉蛋香，大家一湧而上，把賣茶葉蛋的攤子圍住。

何凡先生也走了過來，站在我旁邊。我說：「夏先生，這個茶葉蛋好香！」他點點頭，舉目不見海音大姊，仍默默站在我身邊。我問他：

「夏先生，要不要吃茶葉蛋？」

他說：「我沒帶錢。」

我立即買了兩個茶葉蛋，分了一個給他。何凡先生就和我們站在大樹下，靜靜剝著蛋殼，默默吃了起來。我吃著茶葉蛋，一面望著豔藍的天空，心想能請寫「玻璃墊上」專欄的何凡先生吃一個茶葉蛋，眞是榮幸。

後來認識祖麗，我把這件事講給她聽，祖麗說：

「我爸跟我媽出去，什麼事都由我媽打點。他帶錢也花不出去，就索性不帶。」

我和祖麗認識很奇妙，我們一起參加警廣的座談會，我不善講話，祖麗因爲父母都是文化界名人，自己又在華視主持藝文節目，講起話來滔滔不絕。

開會的時候我們沒有交談，散會後她喊住我，告訴我她喜歡我的作品，想邀我上節目。

我順口答應了，回家又反悔，打電話對她說：

「我不會講話，也不知道怎麼談我寫的東西，我們的訪問就算了吧！」

祖麗說我不會講話沒有關係，看藝文節目的觀眾都很有水準，他們會喜歡我的誠懇。還告訴我一個故事：

很久以前她代表一家報紙去訪問氣象台台長，那位台長從頭到尾都沒有看她一眼，問一句答一句，讓她感覺很不舒服。告辭的時候，那位台長歉然地對她說：

「夏小姐，對不起，我因爲長年對著望遠鏡觀測氣象，很少跟人說這麼多話。我不會講話。」

祖麗說她聽了很感動，她認爲一個學者專家，應該是這個樣子的。後來我接受了她的訪問，我們也變成了朋友。

祖麗移民澳洲之後，我常在文友慶生會和海音大姊碰面。每次海音大姊來，慶生會就很熱鬧，她喊這個、叫那個，給大家拍照。很多人拍了照不給相片，海音大姊不僅給相片，還喜歡在相片後面寫幾句話，讓人記住拍照當時的情景。

海音大姊喜歡吃甜食，有回飯未吃完她有事先走，過了一會兒又回來了。大家問她怎麼回來了，她用動聽的京片子說：

「看到八寶飯上來了，我要吃兩口八寶飯再走。」

大家被她逗笑了。後來海音大姊患了糖尿病，就不來慶生會了。慶生會少了海音大姊這樣一個靈魂人物，就不好玩了。

我先生去世那年，祖麗回來探親，約我見面。那天下午我們找了王開平一起，去木柵貓空喝茶。我告訴祖麗七月我先生右上腹痛，醫院以為是膽結石，開刀之後才知道是膽管癌。醫生說這個病很兇險、罕見，一發病就是末期，他們醫院大約一年只碰到一個病例。我自嘲地說：

「這麼少的病例，就讓我先生碰到了！」

祖麗眼圈立時紅了，我一面回憶一面說：「今年夏天颱風特別多，我先生住在汀州路三總十樓病房，每次颱風前後病房窗外彩霞滿天。我先生躺在病床上，我坐在病床前，夫妻二人無言望著天上的彩霞。」

祖麗靜靜聽著，我繼續說：「我先生原本是個胸懷大志的人。從十樓病房窗口望過去，可以看到他讀書的台灣大學、工作的台電公司。他這一生大部分的時間，都在羅斯福路上來來回回。」

聽到這裡祖麗滿面淚水。以後她從澳洲回來，常會帶些精美的小禮物給我。

前年底海音大姊走了，那樣一個爽朗、愛熱鬧、有才華的女子，最後悄悄離去。看到大家悼念她的文章，心中悵然，想起那次慶生會，她走了又轉回來，用她的京片子說：

「八寶飯上來了，我要吃兩口再走。」

如今她的另一半何凡先生也走了。夏烈說死亡是人生中最大的神祕，有人說是黑色的、有人說是白色。我心中浮現的是那天下午梨山豔藍的天空，何凡先生跟大家一起站在大樹下，靜靜剝著他手中的五香茶葉蛋。

——二〇〇三年二月

先人守護之地

我和陳文茜的阿姨何燕燕是鄰居。何燕燕和我同年，她的兒子令杰與我的小兒子阿來是同年同月生，兩家人因此來往密切。

我第一次看見文茜，她還在上高中，瘦高、敏感，有點像少年時期的張愛玲。她母親長何燕燕四歲，是一個典雅、美麗的女子。

那時沒有本省人、外省人之分，我們居住的木柵台電宿舍彷佛世外桃源。兩戶一排，每家都有前後小院，齊腰高的空花圍牆外，種有垂柳和七里香。

我和何燕燕喜歡坐在小院中聊天，看阿來和令杰玩耍。不僅悠然見南山，還有北山和東山，我們家西邊還有一條溪流。那時孩子們常唱一首兒歌：

我家門前有小河，後面有山坡。
山坡上面野花多，野花紅似火。……

我們的孩子就在這樣美好的環境中出生、長大。

我是河南人，何燕燕是台中人，我們另一個好朋友王淑媛是山東人。何燕燕喜歡聽河南人和山東人的故事，喜歡吃我們做的饅頭、水餃。她常央求我們有一天反攻大陸了，要帶她到河南和山東看一看。

文茜大學畢業之後，主編《中國時報》海外版副刊，有天她打電話來約稿。她說：「我是陳文茜，何燕燕是我阿姨。」

我想起她讀高中時的樣子，驚訝地說：「你已經大學畢業做編輯了？」

她輕巧地笑說：「是呀！」

我告訴她家有三個小孩，還要上班，雖然喜歡寫作，但是寫寫停停沒有把握。

她說：「我知道，我阿姨都說了。」

文茜的聲音在那個時候就有一種奇特的說服力。掛上電話，她的聲音在我心中盤旋不去，變成了：「我知道你的情況，我對你有信心。」

文茜編了一年海外版副刊，我只寫了幾篇短文。有篇懷念養育我長大的奶奶，文茜看了告訴我，她是外婆帶大的，我們兩個人在電話中笑了起來。奶奶和外婆帶大的孩子，跟母親帶大的孩子不同；奶奶和外婆的疼愛、寬容，讓我們比較任性、眞誠、不奸詐。

後來文茜到美國念書去了，何燕燕做股票賺了錢，搬到台北市區，我和文茜的聯繫就中斷了。

民進黨未組黨之前，以《拒絕聯考的小子》一書聞名的吳祥輝，主編《民進雜誌》。我長大的女兒在《民進雜誌》做助理編輯，聽她說文茜已成爲黨外才女、海外活躍分子。

女兒那時二十出頭，長髮、高䠷。去《民進雜誌》的黨外人士見到她，很驚訝地說：「《民進雜誌》怎麼有一個這麼可愛的外省女孩！」

聽人誇獎女兒心中高興，完全沒有想到外省人、本省人之分，已如低氣壓形成的風颱，向台灣撲襲而來。

搬到市區的何燕燕仍常回木柵探望老鄰居，我從她口中知道許多新觀念。有次她說：「我們股票行經理說，那些公務員都是死腦筋，比小孩的玩具汽車都不如。玩具汽車碰到牆會轉彎，那些公務員，非要碰個頭破血流。」

我說：「他胡說八道，君子有所爲，有所不爲。怎麼可以拿正人君子跟見風轉舵的玩具汽車比！」

我說得理直氣壯，何燕燕一臉茫然，不知道我和股票行經理的話誰對。

後來台灣錢淹腳目，大家的生活過得一天比一天好，黨外人士組織了民進黨，何燕燕來木柵漸漸少了。

「一個人發達了不可以忘記老朋友。」我提醒她，「以前我們天天在一起，你不可以隨便把我剪掉。」

因著我的提醒，我和何燕燕的友誼繼續快樂地維繫著。年紀一天天大了起來，何燕燕常常對我說，現在可以說知心話的人越來越少。每次她把不足與外人道的話說給我聽之後，拍著手、嗬嗬笑著說：

「有個老朋友眞好！你的話她都懂，並且給你忠告，代守祕密。你可不能把我剪掉！」

當「外省豬滾回去」這句話變成政治口號開始流行之後，王淑媛對何燕燕說：

「咱們不是好朋友嗎？我們怎麼變成畜牲啦！」

何燕燕一臉尷尬：「我也沒有說，又不是我說的。」

見她爲難，我對她說我們不是要怪誰，只是不懂有些事爲什麼要決心誤會：「譬如，當年政府推行國語，不准講方言，不是不准台灣小孩講台灣話，而是河南小孩也不准講河南話、山東小孩也不准講山東話，各省的小孩在學校都不准講自己那一省的方言。怎麼現在變成只有台灣小孩上學不准講台灣話呢？你想想，如果到現在沒有統一語言，各省的人各說各話，我們怎麼溝通、建立感情。那有多可怕！」

「還有，」王淑媛說：「我們和二二八事件有什麼關係！二二八事件發生在民國三十六年，我才七、八歲，在我們山東老家，連台灣這兩個字都沒有聽過。」

何燕燕皺著眉頭說：「陳文茜也說，二二八事件不應該算到三十八年來台灣的大陸人身上。」

那時文茜從美國回來，擔任民進黨文宣部主任，常上電視。她把民進黨包裝成一個革新、溫和、充滿希望的政黨。

後來文茜辭去民進黨文宣部主任，在電台和電視主持時事談話節目。文藝界的朋友都很喜歡，說聽陳文茜的政治評論，像看張愛玲小說的人性描寫，一針見血。

有天何燕燕帶文茜的母親來看我和王淑媛，說文茜要選立法委員，請我和王淑媛幫忙發宣傳單。我們都喜歡文茜的人和節目，欣然答應。

文茜的母親、何燕燕、王淑媛和我都年過耳順，只有我的頭髮花白未染。四個老太太出去發宣傳單，喜歡文茜的年輕小姐看到我，很親切地說：

「婆婆，我們來幫你發。」

更奇妙的是，有次遇到一個年紀與我差不多的老先生，是《文茜小妹大》的忠實觀眾。他立正站好，向我鞠了一個大躬，操著山東口音說：

「你老人家這樣熱心支持陳文茜，我替她謝謝你。」

文茜的母親看得目瞪口呆，對我說：

「我以前都不知道你們大陸人這麼好！這麼無私！」

我說：「以前何燕燕都沒有告訴你？」

「說了，我不相信。」她說：「我以前……」

我打斷她的話：「也罵大陸豬滾回去。」她的臉紅了。

我告訴她我們回不去了。馬奎斯《百年孤寂》裡說：「哪裡有先人下葬，哪裡就是故鄉。」我的祖母在台灣過世，我孩子的父親也在台灣過世，這裡有先人守護，我們就在這裡安家落戶了。

聽了我的話，文茜的母親眼圈也紅了。她說：「你們這些善良的大陸人，和我們這些善良的台灣人都很可憐！國民黨執政我們是反對黨，民進黨執政了，我們還是反對黨。其實我們什麼野心也沒有，只希望台灣繁榮進步，人民安居樂業。」

經過這次溝通，文茜的母親一再表示喜歡我和王淑媛。我們四個人每天快快樂樂穿過大街與小巷，替文茜發宣傳單。

我最愛去捷運站，有時下班放學時間未到，捷運站冷冷清清。我們站在電梯下端，看見下來幾個人，立即抬頭仰望。王淑媛用她的女高音輕輕唱著：「等待王子來到！」

下班放學時間到了，捷運站忽然湧來一大群人，匆匆從我們身邊經過。我們應接不暇，口裡喃喃念著：「陳文茜！陳文茜！」好像以前賣鐵路便當的小販，嘴裡一直叫：「便當！便當！」

王淑媛聰明，站得離我們較遠。人潮散去之後，她笑著拍手，走過來對我們說：

「你們的漏網之魚，被我網到不少。」

有天在木柵發宣傳單，碰到民進黨五虎來拜票。沈富雄領頭，每個人站在一輛宣傳車上，鑼鼓和鞭炮不停響。王淑媛叫我們把印著「陳文茜」三個大字的粉紅背心穿好，一字排開，走在五虎車隊前面。她說：

「嚇嚇他們，讓他們五虎看看，陳文茜不僅有年輕義工，也有老義工。」

我們由王淑媛率領，在五虎陣營中替文茜發宣傳單。喧天的鑼鼓鞭炮聲中，我們心裡充滿了兒時過年的歡樂。

文茜的母親越來越喜歡我和王淑媛，變得也越來越平易近人。她喜歡別人對她說：「你怎麼生出陳文茜這麼一個出色的女兒！」

問她：「你背了那麼一大袋宣傳單，累不累？」

她先對人家說不累，再告訴人家她背的那個藍色卡其布大袋子，是文茜有次出國買給她的。她把每個喜愛她女兒、支持她女兒的人都當做自家人。

投票前夕，我們坐計程車到臥龍街黃昏市場做最後拜票。手中東西太多，又不停講話，下車的時候我把皮包忘在車上。

皮包裡有錢、信用卡、存摺，還有身分證和圖章。大家都傻了臉，立即打電話到警廣，請他們廣播尋找。文茜的母親極爲不安，我只有不住安慰她。那晚回家午夜十二時已過，我打電話到警廣問我的皮包可有消息。一個年輕女孩聲音愉悅地說：

「快來拿吧！計程車司機先生給你送到電台來了。」

我心中充滿了失而復得的歡喜，立即打電話給何燕燕、王淑媛和文茜的母親，告訴她們我們居住之地路不拾遺。

第二天文茜高票當選新科立委，有些南部來的義工要趕回去工作，文茜就在當天晚上舉行了一個小小慶功宴。她看到我，問我現在住哪裡。

我說：「老地方，木柵台電宿舍。」

她眼睛一亮，問我：「那些兩戶一排，有前後小院的房子還在不在？」

我說：「早拆掉蓋公寓了。」

她又問：「那些山呢？」

我說：「被高樓大廈擋住看不到了。」

她眼中的光暗了，我對她說：「文茜，我可不可以抱抱你。」

她像小鳥依人投入我的懷裡。

這個李敖口中台灣最聰明的女子，即將進入立法院——沸沸揚揚的是非之地。望著她，心裡有些惴惴不安，我拍拍她的肩，對她說：

「文茜，保重。」

——二○○三年三月

後記

我年輕的時候大家的家中都沒有電話，朋友聯繫只有寫信。因為戰爭的緣故，我十四、五歲才上中學，我的好朋友們也與我同樣年紀，都是喜愛閱讀的文藝少女。寒暑假期彼此想念，就情真意摯寫在紙上寄給對方，奠定了我書寫基礎。

離開學校大家忙著工作、戀愛、結婚，沒有閒暇跟我通信，我開始寫作。本著基督徒與人交通的誠意，寫我的歡喜和煩憂。

因為有家、孩子和工作，我寫寫停停，大約十年出一本書。席慕蓉主編九歌《九十一年散文選》，把年度散文獎的榮耀給了我的〈我帶你遊山玩水〉。她說：

康芸薇在寫作的路上腳步很慢，大家在奮發向上的狀態中，幾乎把她忘記了。沒想到看似停在原處的她，其實是始終不改初衷地停在文學原鄉。

我告訴慕蓉我的文學原鄉，是我們老家一句土話：「小公雞笑口開，看見沒人唱起來。」寫作讓我單純、快樂。

很感謝慕蓉給了我九歌散文獎，並且介紹九歌出我的書。如果《我帶你遊山玩水》裡，有一兩篇東西讓人看了喜歡或感動，全是慕蓉之功，沒有她就沒有這一切。

當然要謝謝先勇和文茜百忙中給我寫序，讓我的小書生光。更要謝謝蔡文甫先生，在文藝書這麼沒有市場的今日，出版《我帶你遊山玩水》。我覺得這一切，甚至我這一生，如此豐富圓滿。

最後謝謝王開平，他從十八歲建中畢業開始為我校書至今，嚴苛地挑出我書中的錯失，替我的作品把關。

康芸薇

附錄：

幸福原來只是……

——康芸薇書寫豐富人生

王開平

二〇〇二年底發表隨兒子家人同遊阿拉斯加的散文〈我帶你遊山玩水〉，康芸薇純淨無染、恍如自然生息的文字，細細吐露極光異彩一般的旅路際遇：「我久久無法忘懷阿拉斯加青綠的天空、山頂的白雪、滿地的勿忘我，像雛菊般碩大的蒲公英，還有那個愛斯基摩女子望著我驚喜的眼神。」冰封雪國似靜實動的若無其事底下，汩汩流淌著生命的靜美與歡悅，隱隱然浮現握筆的人夢寐憧憬的「天人合一」極境。

〈我帶你遊山玩水〉不但入選九歌《九十一年散文選》，更獲主編席慕蓉垂青，送上「年度散文獎」桂冠為康芸薇加冕。「真像出席『芭比的盛宴』，中了愛國獎券一樣。」說故事消磨愛人亡故後的長日，丹麥女作家丹妮蓀（Isak Dinesen）藉隱姓埋名避難北國的巴黎名廚芭比，耗盡一萬法郎彩票獎金，只為辦一場天之美祿的盛宴，宣告：「藝術家的內心向著全世界發出最深長的呼喊：給我時間去做我最好的。」康芸薇對自己沒有那麼大的把握，「不知道自己是會寫，還是不會寫」；寫作長路勤懇走了四十年，偶或停腳歇息，從未半途而廢，她無非抱持一種「有話說與知人」的心情覓知音，像她鍾愛的拉馬爾丁小詩：「在人群中，有一個未知的心靈，知我心深處，給我回應。」

落伍，成就永恆不變的氣質

「童年往事有些人長大之後忘記了，有些人沒有。那些沒有忘記的人，隨著年月的增長，不斷把它放大；最後在心中存藏不下了，想要說出來，這就是我走上寫作之路的原因。」一九三六年南京出生，七七事變時，小名「福記」的康芸薇還不滿周歲，「我祖母常說我一生下來就兵荒馬亂，沒過過一天好日子」。她給送回河南老家陪伴祖母，與重慶的父母分隔兩地，小小年紀就過早品嘗孤單滋味：「我長好大了，還常常做噩夢。我心中有一片荒原，那載我離別老家的火車嗚嗚叫著，從不知名的遠處駛來，又嗚嗚叫著駛向一個不知名的遠方。我看到幼年的自己把臉貼在玻璃窗上，望著無際的原野流淚。」

愁黯的童年，叫小福記念念於懷的，除了老姨、乳母長輩的愛寵，爍著金光的美好記憶，就是進戲園看戲。「我最初的藝術啓蒙教育，是在戲園子裡上的。」忠孝節義、是非曲直造就的英雄崇拜，成為康芸薇終身篤守的信念：「歌頌美善光明，仍在追求，從不放棄。」她津津樂道家鄉不說「散戲」說「殺戲」：「不殺奸臣不殺戲！」最愛鑼鼓喧天的武戲，康芸薇笑說，小時候老扯著喉嚨唱：「金骨朵、銀骨朵，我把曹操哭囊（腦袋）打破它，看你曹操怕我不怕我！」

戰爭耽誤了學習，康芸薇到八歲還不識字、不會看錶，但祖母教給她人情通透的古話，讓她受惠至今。她攤開急急寫在紙上的「君子失時不失相，小人得時把肚脹；大家驢兒學馬走，到底還是露驢樣」，老人智慧的叮嚀，是她心上記掛的座右銘。「寧失機不亂步，長大不願當學馬走的驢兒，結果永遠退流行了，成為落伍的人。」康芸薇半打趣半認真地自我調侃：「因為落伍，索性成就了永恆不變的氣質。」

青春少艾，作文簿上的花蝴蝶結

不帶怨尤，康芸薇說亂離時代的苦難，全是由自己扛。抗戰勝利，母親眼中「土氣、古怪的小女孩」，終於到南京團聚。一九四九年，因為搬家老讀小學二年級的康芸薇，又陪祖母、叔叔來台灣，再度與親人生離。跳讀五年級，康芸薇發現「完全不知道地理是什麼、怎麼歷史講得全是我看戲的事」；她替當立法委員的外公跑腿到租書店借書，「像小狗掉進茅坑裡去了」。福爾摩斯、亞森羅蘋、德齡郡主《清宮二年記》，還有《民間談鬼》志怪述異，半大不小的女孩像似飢餓的人，全半生不熟囫圇吞下。

海島棲身，思親愁鄉的感傷有如船邊水紋遠淡了。失群鳥飛入了樹林，進學校讀書，一夥吱吱喳喳的同學，讓她找到同伴，找到友情。康芸薇眉飛色舞告訴你，她作文寫得好，「連不喜歡我的老師都說好」。兩堂作文課，前後左右手帕交的頭痛難題，她快筆一手包辦。「不知道為什麼喜歡寫，或許就這麼點長處。我腦袋糊裡糊塗，只有坐在書桌前，腦筋是清楚的。」作文簿畫滿老師喜氣飛揚的雙紅圈，書寫替青澀少艾年月，綴上美麗的花蝴蝶結。

「那時候不是家家有電話，和朋友聯繫感情，單靠寫信。」康芸薇作家生涯開筆，全拜一九五〇年代克難夏令工作時間之賜。日頭赤炎，午休到下午四時上班；兩點睡醒午覺的康芸薇，「有一種幸福的感覺」：「我看見祖母坐在日式榻榻米屋門口廊上，和鄰居的婆婆媽媽說心事，好像逃難的日子遠了，世界很太平。」桃李無言、歲月悠悠的人世風景，「要是我會畫，就把它畫下來」。她動念買了稿紙，想用文字描摹人生長遠的感受，結果無心插柳，一口氣寫成兩萬字青春期迷惘、焦慮、躁動不安的小說〈十八歲的愚昧〉。

驚豔，這樣好的耀眼新綠

〈十八歲的愚昧〉初稿一個夏天完成，「平鋪直述，可能完全沒有才氣可言」。收在抽屜中，直到一九六七年康芸薇出版第二本書《兩記耳光》（仙人掌版），才重新修刪面世。一九六〇年，《中央副刊》刊出康芸薇首篇排成鉛字作品，辦公室主管四歲女兒的人物素描：「我早期在《中央副刊》發表的文章都是歌頌人生光明面，好像拉直了喉嚨唱〈天倫歌〉。」像〈異國人〉、〈六公公〉。新手上路，康芸薇一度向當時文壇風行空靈、唯美、浪漫的陰性文體靠攏，一九六三年與先生方達之結婚，將她筆下的世/視界推上了一層樓。

「婚姻是一根繩子拴著兩隻蚱蜢，逃不了你，也跑不了我。」康芸薇原本希冀在愛情裡找到久違的幸福，孰料就像〈凡人〉裡第二女主角代發的感慨：「婚後，我遭到真正的打擊。我盡了很大的努力，仍然製造不出愛情。」現實粗糲的磨難，令婚姻成為戰場；鋪排兩性齟齬摩擦、口舌角力，康芸薇摸索出專屬的門道：「我想是受戲劇影響，我很在乎人物性格和對話。」發現嫁的男人不是原本海誓山盟的那一個，婚姻裡只見兩個人的寂寞，「各人唱各人的戲」，篇名饒富反諷意味的短篇小說〈這樣好的星期天〉（「我不會回家，我不願意像黑奴，林肯也不會來解放我。」），替康芸薇第一階段小說創作主旋律，奏出了序曲。

一九六六年，經作家隱地引薦，康芸薇《這樣好的星期天》由全盛時期的文星書店出版，宣傳海報稱同一批出書的青年新銳「一派耀眼的新綠」。《這樣好的星期天》讓「頭號張（愛玲）迷」水晶越洋驚豔，撰長文〈這樣好的一本小書〉讚譽康芸薇筆力直追同樣擅寫婚姻與愛的珍．奧斯汀：「逢到男女主角一碰面，好戲便來了。我說她最擅長處理的，便是現代男女所遭遇的種種糾葛和挫折。男女之間那點稍縱即逝的錯綜糾纏，她竟能夠捕捉得這樣完美，毫不滑溜、毫不誇飾。」

不寫時事，喚出精準的時光氛圍

相較珍．奧斯汀贏得「莎士比亞之後最偉大的作家」美名，康芸薇在彼昔男性當道的評論市場，無疑受到冷遇，擠不進反共文學、懷鄉小說的主流位置，又與市場訴求的女性言情脫鉤；她夾縫中的尷尬處境，女性主義小說之母維吉尼亞．吳爾芙早有預見：「婦女開始寫小說，她就會發現，自己試圖改變早已確立的價值觀——賦予男人不屑一顧的事物以嚴肅性，把他看重的淡然視之。」結果男性評論家困惑驚訝，「他只看到一種軟弱、瑣碎或者多愁善感的陳述，因為和自己的觀點迥然相異」。

所幸九〇年代末，女性主義風起雲湧，歷史勾沉探微，還「自己的天空」早早發亮的前行代女作家，一個重新定位的公道。千禧年主編《爾雅短篇小說選》的當代中文小說評論大將王德威，就表示與康芸薇的作品相見恨晚：「在她最好的作品中，她顯現了相當的世故及對女性——尤其是生性保守的女性——的了解與同情。她也能藉由生活細節的敘述，喚出五、六〇年代的時光氛圍。康芸薇的角色多半是平凡的外省人，他（她）們謹小慎微，但一樣有自己的憧憬。在當年閉塞的經濟、政治環境裡，這些男女人物勉力要安頓下來，往往捉襟見肘。一種苦悶與怨懟的感覺油然而生。康芸薇筆下小婦人動輒得咎、苦無出路的心情，放大來看，又何嘗不是一代來台外省人常有的心酸。」康芸薇像珍．奧斯汀，不寫時事，時代見證的深層底蘊卻呼之欲出。

無奈掌聲來得太晚，《兩記耳光》出版後，視為「永遠的母親」的奶奶過世、幼子誕生，生死大事外加家庭瑣務的干擾拖宕，康芸薇擱置了寫作事業：「我把寫作放在家庭之後，小孩是活的，家裡有事不能等。」育嬰忙碌沖淡了婚姻磨合期的苦悶難堪，與孩子「你一口、我一口，還有一口餵小狗」的親暱互動喚醒母性，生活中少了氣惱，多了感動。「這種心歡喜、靈快樂、肉體安然居住的安息，是我一生一直追求。頭一次發現，文學是可以不要的。」

說故事，給姊姊妹妹聽

許多女性的文學行路自此急轉直下，戛然而終；但繆思女神像是上天託付，不時帶靈感給康芸薇敲窗。手足分離，沒有同齡人作伴的康芸薇，自小發願：「我常幻想有一天回大陸了，我要在外公為我蓋的那幢榻榻米房子裡，招待親友中所有年紀與我相仿的姊姊妹妹，告訴她們我在台灣的見聞，和我在書中看到的許多故事。」這樣的想望並沒有應驗，卻得著補償：「突然發現以前討厭宿舍裡東家長西家短的長舌婦，怎麼一個比一個可愛。」

康芸薇一定不曉得，西班牙文化裡，有種專屬女性的聚會tertulia。婆婆媽媽定期聚在一起，分享喜悅悲傷，大啖美食（和她們「十二金釵」輪流表現拿手好菜，大家每天中午吃得心滿意足何其肖似），藉友誼相互幫忙打氣、給予支持。但她心有戚戚：「我寫女人，因為同情女人。」逆反流俗美麗聰慧的最佳女主角，改把鏡頭瞄準「把自己破碎掉了，奉獻給家庭」，造就出不貪巧的丈夫、好學向上的兒子，安於平凡瑣屑的家庭煮婦。「她們才是社會的中流砥柱，真正的金釵。」因著成熟豁達，一九七七年起〈十二金釵〉、〈俞大户〉、〈女泰山〉等系列小說，少卻自傷憐弱，用揶揄戲謔笑看世情。前輩朱西甯替《十二金釵》撰序，稱道「以歡悦與若無其事的平常心來經營小說，堪稱康芸薇作品的兩絕」。

寫作長路因康芸薇回返職場多添了蜿蜒，儘管新作中輟，身為「康迷」的出版人責無旁貸讓她斷版的早年舊著重見天日，呼朋引伴注目這位受忽視的說故事好手。一九八一年姚宜瑛大地重印《這樣好的星期天》，開始了康芸薇的好運氣；一九八三年隱地的爾雅又把一九七〇年晨鐘版更名《十八歲的愚昧》的《兩記耳光》，換新裝《良夜星光》與書迷見面。

知音賞識，康芸薇不敢怠慢。公務家私兩忙，「我每次寫稿心中都焦急不安，真的彷彿家中著火一般；只想趕快搶救一兩樣東西逃離現場，至於搶救下來的是什麼，就不知道了。」慶幸的是，火宅歷劫的文字成品相繼出書，見證她孜孜的努力與毅力：一九八七年短篇小說集《十二金釵》（大地版）、一九九〇年越界串演梨園人物報導與唱做戲曲故事的《粉墨登場》（文建會版），以及一九九四年她暱稱「老爹」的另一半過世後編印的散文集《覓知音》（爾雅版）。

行過哀傷幽谷，書寫即是紓解

一九九〇年，丈夫膽管癌入院，三個月後倉促病逝，劃開康芸薇人生又一分水嶺：「老爹過世，對我人生是很大的虧損。」從前當是認識不清，「誤上賊船，他不是很適合我的」；兩隻取暖的刺蝟，在病榻邊拔掉了芒刺戒備，「講的是初識時說的話，這才發現他和我都是很笨的人，這麼些年沒有好好經營、珍惜。」老爹許她環遊世界的諾言，幾多年後，兒女代他兌現。

丹妮萩的感觸，必然發自肺腑：「所有悲傷都可以忍受，如果你把它們放進一個故事裡面。」康芸薇筆做馨香，用不帶悲感又賺人眼淚的平淡書寫，講述她的眷戀懷思。「想念成了我人生的重點。」稚幼與家人乖隔，「白髮娘望兒歸，不知誰夢誰」曲詞，一句句刺痛童蒙心靈。待到天涼晚景，「朝夕相見的枕邊人突然不見了」，原本懵懂無感的「殘燈對孤眠」，「現在一想起來就要流淚」。

康芸薇娓娓講來，從前生活中有難處，靠長人頂天。老爹過世，「沒有商量的人，兒女和生活都需要我來承擔」，猶似二度人生，「很陌生，像在夢裡」，到現在還是驚訝。「隔離是講不完的。」她寫了又寫，背負未亡人身分，旅路上生活中的棖觸：「因為始終沒有說清楚，老爹的死亡是怎麼一回事。」不正是以奇幻經典《獅子．女巫．魔衣櫥》馳譽的思想大家路易斯（C. S. Lewis），一九六〇年愛妻喬伊．戴維曼（Joy Davidman）病故後，匿名出版的悼亡小書《正視悲傷》中，詩一般聲腔低吟：「悲傷像一道悠長的山谷，每一彎處都會展現迥異的全新風景。悲傷在那彎處不斷以不同面貌出現，彷彿沒有止境。」

從前抱怨，現時感恩：「能夠寫就很快樂，不是說書寫就是紓解。」有時候「也許寂寞讓我訴說」；有時候心裡有「莫名的喜悅」，也會激起唱出歡悅的衝動。眼下最大的快樂是「可以自給了」：「立志做安靜的人，辦理自己的事，親手做工。」她臉上溫煦的笑紋，看見安詳自適。原來真的「沒有追求幸福這回事，只有對喜悅的發現」。

——二〇〇四年六月改訂

九歌文庫 694

我帶你遊山玩水

Play Around the World

著者	康芸薇
責任編輯	黃麗玟
發行人	蔡文甫
出版發行	九歌出版社有限公司 臺北市105八德路3段12巷57弄40號 電話／02-25776564・傳真／02-25789205 郵政劃撥／0112295-1
九歌文學網	www.chiuko.com.tw
印刷	晨捷印製股份有限公司
法律顧問	龍躍天律師・蕭雄淋律師・董安丹律師
初版	2004（民國93）年10月10日
初版2印	2014（民國103）年5月
定價	**220元**

書號	F0694
ISBN	957-444-152-0

（缺頁、破損或裝訂錯誤，請寄回本公司更換）

國家圖書館出版品預行編目資料

我帶你遊山玩水／康芸薇著.
--初版. --臺北市：九歌，民93
面；　公分. --（九歌文庫；694）
ISBN 957-444-152-0（平裝）

855　　93010182